I

Aux quatre coins du lit
Quatre bouquets de pervenches

— Elisabeth V. Chanoy

DU MÊME AUTEUR

Aux Éditions Gallimard

LA PART MANQUANTE

Aux Éditions Fata Morgana

SOUVERAINETÉ DU VIDE
L'HOMME DU DÉSASTRE
LETTRES D'OR
ÉLOGE DU RIEN

Aux Éditions Lettres vives

L'ENCHANTEMENT SIMPLE
LE HUITIÈME JOUR DE LA SEMAINE

Le Chemin
collection dirigée
par Georges Lambrichs

CHRISTIAN BOBIN

LA FEMME
À VENIR

récit

nrf

GALLIMARD

On est d'abord loin du livre, loin de la maison. On est d'abord loin de tout. On est dans la rue. On passe souvent par cette rue-là. La maison est immense. Les lumières y brûlent jour et nuit. On passe, on ne s'arrête pas. Un jour on entre. Dans la maison incendiée de lumière, dans le livre ébloui de silence, on entre. On va tout de suite au fond, tout au bout du couloir, tout à la fin de la phrase, tout de suite là. Dans la chambre aux murs clairs, dans le cœur noir du livre. On se penche au-dessus du berceau de merisier. On regarde, c'est difficile de regarder un nouveau-né, c'est comme un mort : on ne sait pas voir. On s'attarde, on se tait. On regarde la petite fille endormie dans le berceau de lumière.

Albe, c'est son nom. Elle a deux mois. Un drap la recouvre, qu'elle a tiré sur elle dans son sommeil. Un drap léger, un mélange de lumière et de lavande, avec une seule lettre brodée de bleu : A. L'enfant dort dessous la lettre, dessous le monde. Parfois une de ses mains glisse hors du lit. Elle touche le bois du berceau. Elle baigne dans la fraîcheur. Elle ne sait pas encore saisir, cette main. Elle ne sait pas repousser, prendre, tenir. Faiblesse du corps dans les premiers temps : il y a en lui beaucoup de forces inutiles, inemployées, encombrantes. La peau est sensible à l'inflexion des voix. L'âme est comme un nerf, à vif. Et puis il y a ce désir d'un sommeil, sans cesse contrarié par une fièvre, par un rêve ou une faim. À deux mois, Albe est comme tout le monde, elle sait tout ce qui est à savoir : que le sommeil est la seule paix, que le sommeil est impossible. Un peu de repos, un peu de souffrance. Un peu de ciel, un peu d'enfer. Et ainsi de suite.

Trois personnages l'entourent : le père, la mère et la maison. La maison, d'abord. Le rez-de-chaussée d'un immeuble vieillot. Odeurs mêlées, persistantes. Senteurs du linge frais lavé, suspendu au-dessus de la table de cuisine. Et des tableaux partout : ils ne représentent rien. Ils sont de grand format, appuyés les uns contre les autres, comme abandonnés dans le couloir, dans les chambres et jusque dans la salle de bains. De grands traits de couleurs orageuses, hésitant entre le blanc et le mauve. Des meubles, il n'y en a pas beaucoup. Des tréteaux pour les tables, des chaises dépareillées. Sur le sol, dans les coins et sur les lits, des coussins, des étoffes. Sans doute les parents n'ont-ils pas beaucoup d'argent, mais l'impression donnée par la maison est celle de la plus grande abondance, celle du silence et de l'espace. Les pièces sont larges, transparentes. La chambre d'Albe, c'est celle des parents. Les tableaux y sont remplacés par une baie géante, ouvrant sur un jardin. La neige fait venir le gris dans la pièce. La pluie chante contre le verre. Le soleil arrive comme un voleur. Albe dort et rêve à même le ciel.

Il y a aussi une pièce interdite. Le père s'y retire des nuits entières. La porte est fermée à clef. La mère ni la fille n'ont le droit d'y entrer. Qu'est-ce qu'il y a dans cette pièce. Des tableaux, sûrement. Et puis une radio : on entend très bien la musique et les voix d'éther, les voix négligeables qui donnent les informations. Encore. Que peut-il y avoir encore derrière la porte close. On ne sait pas. Le père est farouche là-dessus : personne ne doit entrer, absolument personne, pas même la fille du roi, pas même Albe, celle qui a tous les droits. Lorsque la mère est de bonne humeur, elle parle de la chambre aux licornes. Lorsqu'elle est irritée – on l'entend à son rire beaucoup trop gai, bien trop clair –, elle dit : c'est le placard de Barbe-Bleue. Albe, lorsqu'elle aura cinq ans, trouvera sans savoir la moitié du mystère. Je sais ce qu'il y a dans ta chambre, papa. Des portes. Il y a des milliers de portes derrière la porte fermée à clef. Le père sourit, sans répondre. C'est bien vu, même si ce n'est que la moitié du vrai : la chambre noire contient beaucoup de portes, mais aucune n'ouvre sur quelque chose. Elles aussi sont fermées. Dans la pièce interdite, il y a le songe, il y a la solitude. Beaucoup de songe, beaucoup de solitude.

Un matin d'hiver. Le père se tient près de la radio. Il l'écoute quelques minutes, puis il l'éteint. Devant lui, sur le sol, il étale une feuille de papier. Il sort des couleurs, des pinceaux. Voilà, il entame un nouveau dessin. Il est donc peintre? Si l'on veut, bien que la peinture ne soit pas chez lui un métier.

Peindre, de sa façon à lui, c'est comme le pain sur la table ou l'eau sur la terre. C'est inventer une urgence, répéter sans fin un acte simple. C'est se nourrir des lumières qui sont partout dans les saisons, dans les allées du sang comme sur le visage sans ombre d'une enfant de deux mois. Entre Albe et son père, il y a vingt-neuf ans et dix mois. C'est une distance qu'il franchit souvent, en quelques pas : il quitte la pièce. Il se penche sur le berceau. Le soleil est bien là, il vérifie, il écoute la respiration de l'enfant, ce mince filet de souffle, on ne sait jamais, mais non, tout va bien, la lumière croît de jour en jour, un soleil de deux mois, venu on ne sait d'où, sa vitesse est déjà si considérable...

Il revient dans son atelier. Il allume une cigarette. La lumière d'aujourd'hui est changeante. Elle hésite entre soleil et pluie, entre rire et pleurer. Finalement elle choisit le sourire : une ondée par-ci, une éclaircie par-là. Des éclairs de lumière sous une jupe de ciel gris. Il renonce à peindre un modèle si capricieux. Il sort de la maison, il va goûter l'air frais.

Une exposition des tableaux a été organisée, il y a quelques années, à Lausanne. Deux, trois peintures achetées. Critiques d'estime, puis rien. L'air du temps a changé, mon vieux, allez voir dans les galeries, sortez un peu, c'est lassant à la fin, vos ciels bleus, vos paradis, ce bazar, je vous assure, ça lasse.

Le métier du père, celui qui ne sert à rien – qu'à l'argent –, c'est un travail de représentant. Des assurances. Déplacements, visites, portes closes une fois sur deux. Je ne voudrais pas vous déranger, simplement vous dire que vous allez mourir, je sais, je vais un peu vite mais quand même, prouvez-moi le contraire, d'ailleurs j'ai sur moi des contrats, des garanties, dans cette serviette, permettez? Les gens écoutent, esquivent. On prend l'apéritif, on croque des petits gâteaux. On se quitte sans rien conclure.

Et la mère. Ah, la mère, c'est l'air que l'on mange et le silence qu'on respire. C'est l'univers entier dans la maison, rien que pour vous – du brin d'herbe à l'étoile. Elle vient toujours quand on l'appelle. Elle conforte, elle apaise.

16

Parfois aussi elle disparaît. Elle prend la voiture et roule au hasard, un peu trop vite. Elle s'arrête avec le soir dans un hôtel. Elle demande une chambre à deux lits. Sur le premier, elle étale ses vêtements en reconstituant la forme du corps. Sur le second, elle s'endort pour une journée entière. Ensuite elle revient, les bras chargés de roses. Quand on l'interroge sur ses fugues, elle rit très fort, en passant la main dans ses cheveux. Elle rit souvent ainsi, pour du bonheur ou du malheur. Au début, elle ramenait quelque chose de l'hôtel. Un menu, une serviette, une taie d'oreiller, la notice du règlement. Un jour, le père a rassemblé tous ces objets et les a brûlés dans le jardin. Les voyages ont continué. Le père ne jette pas les roses. Le temps se charge de les brûler. Quelques jours suffisent.

La mère a un travail. Il faut bien : les assurances paient presque aussi peu que la peinture. Elle lit. Drôle de métier. Une petite maison d'édition lui confie chaque mois plusieurs manuscrits dont elle doit rendre compte. C'est fou ce que les gens écrivent. Des romans, des Mémoires. Des plaintes, des secrets. Il y a la vie officielle – celle des familles, celle du travail et du loisir. Dans cette vie, beaucoup de bruits, beaucoup de gestes. Dans cette vie, personne. Par chance, il y a la mélancolie qui dit la vérité, qui est la vérité. Et ceux qui l'écoutent, ils écrivent, ils racontent, ils prennent des notes. Ils recueillent en silence les déchets de chaque jour. Voilà le travail de la mère : lire des manuscrits. Entendre ceux qui se taisent. Elle écrit également. Des textes courts, qui vont à l'infini. Elle ne les montre pas.

Un peintre qui n'expose plus, un écrivain qui ne publie pas.

Pour Albe, il reste très peu de chose, très peu de choix.

La musique, pourquoi pas. Le chant tel qu'on ne l'entend pas, tel qu'il monte de la gorge, de l'abîme, de la nuit.

Et puis les amis. Ceux qui restent à la maison pour un soir, pour quinze ans. Bien mal en point, les amis. Ils ont des idées sur la peinture, sur la politique et les femmes. Ils ont des idées pour tout. Ils parlent haut et fort tandis que la mère met le rôti sur la table. C'est une parole d'homme, bruyante, encombrée d'elle-même. Albe allume le chandelier. Le père débouche une bouteille de nuits-saint-georges. Enfin on peut s'entendre.

Ils viennent là trouver le repas qui a manqué dans la journée. Ils viennent aussi pour la mère. Elle est très courtisée. Sa nonchalance inspire des sentiments éternels. Ses yeux verts persuadent d'un remède à tous les maux de l'existence. Et puis ses robes paysannes — grises, avec une ceinture de fleurs blanches — lui vont si bien, à ravir. On s'empresse autour d'elle. On voudrait toucher ce corps. On le devine tendre sous l'étoffe légère. On fait la fête, on boit, on danse, on joue. La mère se voit toute fraîche dans les yeux des invités. Miroir, beau miroir. Elle ne promet ni ne refuse. Elle rit. Elle aime tout ce qui brille : les visages, l'intelligence, le désir, les paysages de montagne et les lettres d'amour.

On célèbre tous les soirs l'anniversaire d'Albe qui a maintenant quatre ans, qui se couche tard et souvent s'endort sur les genoux de l'ami préféré, celui à qui l'on peut tout demander, et d'abord l'impossible : Guillaume. Tellement serviable, Guillaume. C'est lui qui garde l'enfant, lorsque les parents sortent. Il fait les courses, met la table, répond au téléphone. Il fait tout ce qu'on veut. Tant de gentillesse, cela cache quelque chose. Le secret de Guillaume est enfantin. Il suffit de l'entendre parler – de n'importe quoi – pour comprendre : dans sa voix, cet écho d'une terre disparue, cette violente nostalgie d'un pays natal. Il quitte la Russie à vingt ans, après l'arrestation de ses parents. Il pourrait, certes, rester, mais la période ne s'y prête pas. Tôt ou tard, il eût hérité du même châtiment : et déjà, l'entrée du conservatoire – où il suit des études de violoncelle – lui est interdite. L'enfant Guillaume a grandi dans un village miraculeusement préservé de tout : les trains arrivent en retard, ou bien n'arrivent jamais. Les siestes sont infinies. La neige vient comme une bonne nouvelle, elle aussi prend son temps, s'installe pour des mois. Quitter tout cela, c'est déserter son propre nom. Arrivé à Paris, il loue un piano, donne des leçons particulières de musique. Il laisse les images de neige revenir, le soir. Il ne peut rien contre cela, contre l'aggravation de tout. Du temps passe. À vingt ans, on danse au centre du monde. À trente, on erre dans le cercle. À cinquante, on marche sur la circonférence, évitant de regarder vers l'extérieur comme vers l'intérieur. Plus tard c'est sans importance, privilège des enfants et des vieillards, on est invisible. Guillaume a quarante-trois ans. Il vit seul. Il ne redoute rien sinon l'été, la saison funèbre. Les mères de ses élèves franchissent le seuil de sa petite maison, au bord de la Seine. Certaines restent un soir, d'autres une semaine. Jamais plus. Elles repartent le cœur léger. Pour lui, rien ne change. La neige descend toujours sur son nom, dessous les paupières.

Raconte-moi l'histoire des jumeaux, Guillaume. Raconte encore. Le bon géant se penche sur la petite fille. Il la saisit comme une plume et la lance dans un rire énorme jusqu'au ciel. Il ne la rattrape qu'au dernier instant, très près du sol. Ils s'assoient dans le fond du jardin. L'herbe est humide. Une pluie est passée dans la nuit, un chagrin sans phrase. Le visage d'Albe est lisse. L'attention la rend grave. Une vraie petite femme, insatiable. Guillaume sort un réglisse de sa poche. Ils partagent. Allez, raconte.

Deux jumeaux travaillent dans une boutique de vins et liqueurs. Quand l'un éclate de rire, l'autre fond en larmes. Quand l'un prend un billet dans la caisse, l'autre le dénonce, et ainsi de suite. Un vrai couple, comme sur ces baromètres en forme de chalet, où le monsieur sort pour claironner le beau temps, puis disparaît pour laisser la place à la dame qui prévient des ondées. Inséparables et désaccordés. Pour les reconnaître, on les surnomme Pile et Face, ce qui n'évite en rien les confusions. Ils jouent du piano à quatre mains, font du tandem et l'un dicte ses Mémoires à l'autre. On les rencontre dans les allées du jardin du Luxembourg, devisant sous les grands arbres, et prenant garde de ne jamais s'exposer au soleil. Le samedi, ils rendent visite à la fille d'un gardien de phare. Ils en sont tous deux amoureux. Redoutant les conséquences d'un choix, chacun s'efforce d'apparaître méchant, afin de laisser toutes les chances à son frère. Avant de partir, chacun remet à l'éternelle fiancée un billet doux, imitant l'écriture de l'autre. Elle les regarde s'éloigner, les larmes aux yeux et déjà résignée au célibat perpétuel. Le dimanche, ils ouvrent une bouteille de champagne. Le bruit du bouchon les fait sursauter en même temps. À les voir heurter du doigt les verres de cristal, on ne devinerait jamais que l'un des deux, seul, existe et que l'autre n'est que son rêve.

Albe bat des mains. C'est son histoire préférée. Un peu triste, avec des couleurs. L'enfant se précipite dans la maison, revient avec des olives, du pain et du jambon. Maintenant, Guillaume, tu m'en racontes une autre. Guillaume soupire. Il feint d'être accablé, se relève et dit qu'il faut songer au repas. Hurlements d'Albe. C'est d'histoires dont elle a faim, c'est de l'enchantement de cette voix grave. Le reste peut attendre. Bon, mais c'est la dernière, alors? Oui, répond l'enfant qui n'en pense pas un mot.

C'est l'histoire d'un ange triste. Il marche depuis toujours dans un jardin. Le jardin est immense, sans clôture. Les herbes sont des flammes. Les pommiers sont en or. Quand on croque un fruit, on se casse une dent qui repousse aussitôt. De temps en temps, l'ange hausse les épaules, perd quelques plumes, soupire profondément : toujours la même chose, quel ennui. Il décide de partir à l'étranger, sur la terre. Oh, pas longtemps. Un siècle ou deux. Il choisit le moyen de transport le plus rapide : le chagrin qui, du ciel à la terre, chemine à la vitesse de l'éclair. Il voyagera donc dans une larme. Le voilà sur un nuage, quelques instants avant l'orage. La descente commence, il s'évanouit. Il se réveille. Devant lui, un bout de pré sec, sans herbes. Il est dans l'œil humide d'un cheval qui s'ennuie de son sort, qui rêve des pâturages éternels, immenses et sans barrières. Des promeneurs regardent l'animal maigre. Ils se moquent de la pauvre bête qui avale une pomme pourrie et accroche, aux branches de l'arbre, ses deux ailes déplumées dans le dos.

Dites donc, Guillaume, vous allez finir par la rendre folle, cette enfant, avec vos histoires. Elle n'écoute plus que vous.

On va dans les squares. On va au cinéma, à la piscine. On va partout avec Guillaume. Ainsi filent les heures, les mois et les années. On reconnaît les visiteurs à l'ombre qu'ils font devant la porte vitrée. Les ombres disparaissent. D'autres les remplacent. Celle de Guillaume, toujours, revient. Albe ne sait plus s'en passer. Elle a sept ans, elle lui téléphone tous les jours, et même une fois la nuit – pour lui dire un cauchemar : tu partais, Guillaume. Tu partais si loin. Je voulais t'écrire, mais la lettre brûlait. Elle mettait le feu à la maison.

Un mois plus tard, Guillaume disparaît. Albe interroge les parents. Ils parlent de voyage. Ils parlent pour taire.

Un soir, en été. Albe est derrière la porte. Elle écoute les parents. Toujours ce problème du sommeil. Parfois elle sort du lit, s'allonge dans le couloir, se serre contre le rai de lumière. On la trouve endormie là. Ce soir, le père a une mauvaise voix. Une voix méchante, railleuse. La mère se tait. Il est question de Guillaume. Un mot revient souvent. Albe ne le connaît pas, ce mot. Il n'est pas besoin de le connaître pour l'entendre : suicide. La petite fille perd conscience. La mère la découvre une heure plus tard. Elle la porte dans sa chambre.

C'est une chose fragile que la lumière du jour. On y grandit. On y marche. On y attend quelque chose, on ne sait trop quoi. Oui, mais voilà : où trouver la force d'attendre, quand le visage aimé est recouvert de terre?

Toute lumière nous venait de ce visage. Maintenant on n'y voit plus.

Un vent mauvais a emporté tous les amis. Soirées en famille. On perd l'étonnement. On finit par s'habituer. Le père a installé un lit de camp dans son atelier. Il peint comme jamais. Les couleurs ont changé. Elles vont toutes vers le noir. Elles recommencent, du coup, à se vendre : l'époque est à l'ironie et les teintes sombres lui vont à ravir. L'argent permet au père de faire ses adieux aux assurances, à leurs pompes, à leurs œuvres. Une revue d'art – papier glacé, phrases embaumées – le compare à un grand peintre du début du siècle. La rumeur grandit autour des tableaux. Il supporte sans broncher l'ignominie des louanges. Les milieux culturels sont comme une eau morte. Le moindre caillou n'en finit pas d'y faire des cercles de plus en plus larges. Il suffit d'attendre, cela passe.

J'aime cette force du trait, cet éblouissement du noir, il y a quelque chose de pourpre dans vos noirs, comme une colère, enfin vous voilà de retour parmi nous, c'est le malheur qui fait les vrais peintres, la joie donne des couleurs bien trop pâles, à la rigueur des aquarelles, des papiers peints, mais certes pas de grandes œuvres, n'est-ce pas, maître? Et le maître sourit, acquiesce d'un sourire à l'architecte qui lui parle avec chaleur, une coupe de champagne rose à la main. Cause toujours. Pour l'heure je m'efforce de peindre encore. Rien de plus que ça : encore.

Dans les expositions, il y a des jeunes femmes minces, l'aventure flotte autour de leurs épaules nues. Ce genre de femmes qui aiment les artistes comme on aime celui qui vous promet l'infini pour vous seule, pour vos beaux yeux, pour votre corps adoré et votre âme sans pareille. Ce genre de femmes qui séduisent leur séducteur. Elles traînent autour des galeries. Elles amènent l'argent et l'intelligence autour de leurs bras frais. Elles tournent autour du père qui les maintient à distance, avec un sourire. La mère les regarde, n'en pense rien. Ce n'est pas son affaire. Elle regarde les peintures. On dirait les symptômes d'une maladie indéchiffrée. Chaque tableau mesure un éloignement, une ombre agrandie par le soleil couchant.

Le succès ne le change pas. C'est une autre chose qui arrive, mais on ne sait pas laquelle. Elle arrive comme tout ce qui arrive vraiment : par le désert. Par le vide qu'elle fait, qui prépare sa venue. Un jour le père ne rentre pas dans son atelier. Un jour gris, sans peinture. Un jour sans désir. Puis une semaine, deux mois, six mois. Qu'est-ce qui se passe. Mutisme du père à la maison. Il est assis dans un fauteuil plus profond que la plus profonde pensée. Il regarde sa fille penchée sur la table, composant un puzzle de douze cents pièces. Quelle pièce manque, quelle respiration. Il devient irritable, capricieux. Les soirées sont épouvantables. On ne se parle pas, ou bien on parle trop fort. On dirait que les mots éveillent un chagrin, et le changent aussitôt en colère. Albe regarde ces deux-là qui ne savent plus se parler sans se tuer. Elle crie : vous n'êtes pas mes parents. Vous avez tué mes parents et vous avez pris leur place. Je vous hais.

Les peintures reviennent, d'un seul coup. Elles se multiplient, comme après un seuil. Elles montrent une solitude en progrès sur elle-même. Elles disent ce qui est : un vrai peintre vient de naître. Un esprit froid qui n'attend plus rien, sinon de la peinture.

Les soirées continuent. La défaite de l'amour appartient encore à l'amour, pour quelque temps du moins. Puis les fugues reprennent : la mère s'en va, pour un jour ou deux, jamais plus. Dans les hôtels, elle demande une chambre à un lit, parfois avec quelqu'un et c'est sans importance. Les jouissances atteintes ne sont rien en regard de la jouissance du malheur pur. Elle écrit dans un carnet toutes les raisons de mourir, mais le carnet est trop petit. Elle en achète d'autres. Elle passe des heures à son bureau, dans la méchante lumière des mots. Dans la maison endormie, elle peut enfin céder à la douleur, elle s'en grise, elle s'en soûle. Il y a un don des larmes. Il y a un abîme du monde – et de soi – qui n'est donné que dans les larmes, qui brille au travers d'elles. Elle pleure, la folle. Elle marmonne, elle ressasse.

Albe est la seule parole calme échangée par les parents. Elle va et vient de l'un à l'autre. Elle grandit : une petite fleur blanche au milieu du désert. Le problème avec les adultes, c'est qu'ils ne sont pas des adultes et qu'ils ne sont plus des enfants. On ne peut rien leur confier. Heureusement, il y a Ralagore. Ralagore est un chat à qui on peut tout raconter. Il comprend, il apaise. C'est un ami qui existe quand on veut, quand on ferme les yeux et qu'on compte jusqu'à cinq. Il saute sur vos genoux, léger comme un rayon de soleil. Si l'on ouvre les yeux, il disparaît.

Albe dans un coin de la cour d'école. Bousculée par les grands. Qu'est-ce qu'elle a, cette fille, toujours distraite, et ce sourire, elle est bête ou quoi? L'école, c'est le premier apprentissage du jugement dernier : il y a ceux qui lèvent le doigt pour répondre. Ils en prennent l'habitude, la manie. Quand la maîtresse est sortie, ils gardent sa place, ils font régner l'ordre. Et il y a ceux qu'on n'interroge plus. Ils s'en vont les premiers, à l'usine, au chômage. Ils vivent dans l'enfer immédiat, l'hébétude. Ils n'ont pas de nom puisqu'ils ne savent pas l'écrire, puisqu'on ne les appelle plus. Ils ont assez affaire avec chaque jour qui vient. C'est une aventure pour accéder au soir, pour mériter cet arrêt provisoire de tout qui revient, chaque nuit. Ce qui se passe, Albe le découvre. Mais l'enfance est plus forte encore. Les pauvres et les riches, au début, ils ont tous le même âge. La petite fille, longtemps, est solitaire. Les autres l'écartent, la rejettent en dehors de leurs jeux. Grande tyrannie du nombre. Pousse-toi. Débrouille-toi. Elle est loin ta maison, ici c'est la forêt, c'est la pleine nuit, débrouille-toi.

Albe pendant les récréations. Les deux mains dans le dos, appuyée contre un platane. Elle ferme les yeux. Histoire de Ralagore et de sa fiancée. Ralagore a une fiancée. Elle s'appelle Amanda. Amanda est une souris du Cachemire, rose avec des moustaches bleues. Elle est très exigeante, Amanda. Elle n'épousera Ralagore que lorsque celui-ci aura trouvé un travail. Et pour cela, précise-t-elle, il faut commencer par être le premier à l'école, Ralagore. Il n'y a qu'une seule place dans la vie, la première. Elle parle comme le père, Amanda. On ne sait pas si elle l'imite ou si elle pense vraiment ce qu'elle dit. Il est impossible de connaître Amanda. Rien n'est sûr en ce qui la concerne. Ralagore achète donc un cartable, un taille-crayon et beaucoup de buvards. Dans le cartable, il glisse une photo d'Amanda. Au début, tout se passe bien. Il se met au premier rang. Il ne quitte pas le maître des yeux. Il plisse le front et développe en lui tellement d'attention qu'il ne peut plus rien écouter. Impression favorable. Un jeune élève aussi grave, aussi sage. Bien, très bien. Il fera ministre ou mécanicien, enfin quelque chose, quelqu'un. Aux premières questions posées, c'est la catastrophe : il ne sait rien. Il oublie les choses dans le temps même où il les en- tend. Vous êtes stupide, Ralagore, allez vous asseoir. Les années passent. Il est toujours dans la même école. Les veilles d'examen, il perd ses poils. Il y a une girafe, elle est tou- jours première. Il y a Ralagore, il est toujours dernier. Découragement du maître, puis dé- couragement de Ralagore. Le samedi et le dimanche, d'énormes migraines l'empêchent de sortir. Il se met sous une table. Il pense au lundi. Il a soixante ans maintenant, il est toujours dans la classe des petits. Amanda est rentrée au Cachemire.

C'est doux, le chemin de l'école. C'est léger le matin, chantant le soir. On descend une route en pente, elle vous précipite, on dirait qu'elle appelle, qu'elle promet quelque chose. Tout en bas, elle se perd, devient un chemin de terre, un raccourci, on marche sur l'herbe des talus, les chaussures sont mouillées. Le chemin tourne sans prévenir, devant la maison de la sorcière. C'est une maison en bois, avec des rideaux jaunes. Sur la porte, une boîte aux lettres rouillée. Les plus courageux y glissent un papier, un caillou ou une herbe. On retrouve la grande route, une boulangerie, des maisons, des jardins peints en vert, puis l'école. Albe est une de ces petites filles qui parlent fort et éclatent de rire toutes les secondes. Elle est parmi tant d'autres, le bonheur la rend invisible. Elle a des amies, c'est nouveau. Elle en a quatre, cinq, mais aucune à qui elle puisse parler de Ralagore.

Le visage de la mère est terne, sans éclat. Et voici qu'il rayonne à nouveau. Pour un peu, elle embrasserait le facteur. Le télégramme est promené dans toutes les pièces, oublié dans la corbeille de fruits : le frère arrive, le bien-aimé d'enfance.

Il a six ans de plus qu'elle. Il part plus tôt de la maison, vers ce qu'il croit être le bout du monde : l'Amérique. À son arrivée, il constate son erreur : là-bas, c'est comme partout, en plus exagéré. La solitude des premiers mois est terrible. Il s'enferme dans un hôtel, à côté du bâtiment des douanes. Il regarde la télévision. Il se nourrit d'images et de mauvais pain. Enfin il sort, et découvre un pays qui lui convient, infantile et sauvage. Il monte une entreprise de vêtements de pluie. Avec l'argent gagné, il ouvre une autre usine.

La fortune vient. Une somme dérisoire pour un pays comme celui-là, mais bien assez grande pour ce petit village d'Europe, la France. Il revient à Paris, pense soudainement à sa sœur, lui achète une maison en Savoie, avec des sapins autour – comme dans les livres d'enfance. Ce sont les clefs du livre d'images qu'il apporte aujourd'hui.

Le frère reste une semaine, puis il s'en va. Il parle beaucoup. Il dit le travail, les villes, l'ambition. C'est une gêne qui vient peu à peu en l'écoutant. On ignore d'où elle vient. On trouve d'un seul coup : il est absent de sa parole – comme en retrait. C'est une parole sérieuse, responsable, décidée. Morte. Vous et moi, dit-il au père, nous sommes des créateurs, chacun dans notre domaine. Vous dans la peinture, moi dans l'industrie. L'important, ce n'est pas de faire ceci ou cela. L'important à mes yeux est de ne pas gâcher toutes ces ressources humaines qui sont en nous. Je ne comprends rien à la peinture moderne, mais je la respecte. Ce que je ne peux supporter, par contre, ce sont des gens comme j'en vois trop, en France : sans dynamisme, sans projet. Sans rien. Le père, pour ne pas répondre, s'en va faire la vaisselle. Quant à Albe, elle

36

l'ignore. Une seule fois il déroge à la règle. Une seule fois il parle sans mentir, près de lui. Il raconte l'histoire d'une jeune femme rencontrée là-bas, dans ce pays où, dit-il, l'on rit de tout — sauf de l'argent. Une histoire sans fin. Elle est serveuse dans un bar. La fille d'un conducteur de bus. C'est ainsi qu'elle se présente à lui : je suis la fille d'un conducteur de bus, comme on dit : je suis de telle région, de tel village. Elle a douze ans quand son père déserte la maison, le travail, et l'installe dans le bus, sans un mot. Ils s'en vont. Ils parcourent le pays en tous sens. Un bus qui ne prend aucun passager, ne s'arrête pas aux stations. Un bus rouge et jaune roulant à toute allure, conduit par un homme aux yeux clairs qui regarde dans son rétroviseur la petite fille, sur la banquette du fond. Elle est contente. Plus d'école et des paysages comme dans le rêve. Les autoroutes, les grands lacs et les montagnes enfoncées dans le ciel. Des jours et des nuits, les yeux larges. Cela dure sept mois. La mère prévient la police, on les arrête dans le Colorado. Après on ne sait plus. Après elle grandit, belle et douce. D'une beauté apprise dans les paysages traversés. C'est ça, dit le frère, une beauté inachevée, parfaite. Puis il se tait, mais on ne dirait pas du silence, plutôt une pensée, une attente.

La maison est sur le flanc d'une montagne. On s'y rend pendant les vacances. La lumière – une lumière jaune paille – cogne aux volets bleus tous les matins. Le ciel est clair depuis longtemps déjà : c'est qu'il y a, entre le soleil levant et la maison, beaucoup de collines, beaucoup de pentes et de rochers. Il faut du temps à la lumière pour arriver jusque-là. Après, elle s'attarde. Elle ne s'éloigne qu'à regret, quand le ciel vire au noir. C'est d'abord ça, la maison bleue : une éclaircie dans l'âme.

Albe dort sans ennui les soirs d'été. Elle épuise les dernières joies de l'heure, la fraîcheur de l'air sur le visage, la douceur d'une absence sur les choses, puis elle monte dans sa chambre. Elle marche d'un pas léger sur le parquet. Le bois égratigne les pieds nus, c'est délicieux. Elle grimpe sur le lit, se glisse sous les draps. Elle s'endort dans le chant des étoiles.

Le cheval est noir. Lorsqu'il marche au pas, il y a le mouvement des muscles sous la peau, cette souplesse incomparable. Le frémissement des lumières sous la soie noire. C'est le voisin d'Albe. Il est dans un pâturage tout près de la maison. Noir, si noir. Avec, dessous l'œil gauche, une tache claire. Une tache large comme une main d'enfant. Il ne bouge pas. Il attend. Il attend une poignée d'herbes, la fin du monde, l'ouverture des barrières. Il attend son amie, la petite fille de la ville. Elle lui rend visite chaque matin, avant de déjeuner. Elle lui raconte sa nuit, ses rêves – quand il n'y en a pas, elle invente. Le cheval souffle dans la main d'Albe. Elle touche la crinière. Elle caresse les naseaux roses et frais comme du lait. Silence des deux amis. Immense pâture du silence. Dans les entrailles noires, le cœur bat, à se rompre. La pierre brute du cœur. C'est le cheval qui rompt le premier l'entretien. Albe le regarde s'éloigner.

De l'autre côté de la montagne, il y a un village. On met une heure pour l'atteindre. Dans ce village, tout va par deux. Les deux garagistes qui ressemblent à leur chien. Les deux sœurs qui tiennent l'épicerie. Celle qui vous sert en criant, et celle qui oublie toujours de rendre la monnaie. Il faut compter aussi les deux cimetières. Le plus ancien, désaffecté, derrière le lavoir. Et celui qui se serre contre la pierre de l'église, comme l'agneau dans la laine de sa mère. Dans le premier on peut chanter, dans le second on doit prier. Qu'est-ce que prier? Albe chantonne dans les deux, des airs nouveaux à la radio, des airs d'été, des airs de rien.

J'aime tant les jours de moisson. Le village nous invite. On mange dehors, sous le ciel de toile peinte. Les femmes sont si belles. La poussière de la paille brille dans leurs cheveux, la sueur met des ombres sur leurs robes. Les hommes ont des bras forts, ils rient de toutes leurs dents. Il y a du vin et des fatigues, en abondance. On m'appelle, on me cherche. Je suis loin. Je cours en plein midi, petite folle, petite douce, à travers champs, à travers jours. Mes souliers balancés dans un fossé. Les tiges cassantes des blés coupés. Mes pieds en sang. La douleur engourdit, je ne sens plus rien, je cours de plus en plus vite. La sueur coule devant les yeux, elle fait trembler le monde. Je m'éloigne du village, je l'emmène dans ma course. Le bleu tombe du ciel. Continûment il tombe, une inondation de bleu, une pluie d'azur, il m'enveloppe, il me baigne. À dix ans je crois en Dieu, je l'appelle par son nom, il vient aussitôt, il mange dans ma main. Il accourt sans délai, il me cueille, la fleur-Albe, il me respire toute et me jette où il veut, à son heure. Je m'effondre n'importe où, rompue. Fanée. Retour à la famille, retour à la raison. Où donc étais-tu, et ta robe, dans quel état. Et mon dieu, tu as de la fièvre, fais voir ton front. Des bras me soulèvent, me portent jusqu'à la chambre. Un linge frais contre les tempes, la bonne inquiétude : on veille sur moi comme sur un trésor. Comme sur une flamme. Je sais que je ne m'éteindrai jamais, c'est comme ça, depuis le début c'est comme ça : quand Dieu s'en va, le père arrive, ou la mère, ou quelqu'un d'autre. On me remet en terre. Je fleuris à nouveau. Mourir est un jeu. Je compte jusqu'à dix, plus personne ne m'aime, tout le monde se cache. Huit, neuf, dix, tout le monde est là, qui me sourit et m'appelle. Ce n'est pas compliqué, la vie. Il suffit de trois fois rien. Un peu de lumière, un peu de vacances. C'est comme ce qu'on trouve à l'église, le dimanche. On peut le trouver partout : un peu de fraîcheur, un peu de paroles. On se lève pour les entendre, on les accueille comme des reines, ces paroles. Après, comme on a dix ans, on mélange tout. On prend une fine baguette de noisetier. On la traîne le long des quatre murs de la maison

bleue, et on répète sans fin les paroles enten-
dues : pleine de grâce, le Seigneur est avec
vous. Pleine de grâce, le Seigneur est avec
vous.

L'été se prolonge un peu plus que les autres
années. La mère est absente. On ignore où
elle est. On a l'habitude. Quand même, elle
n'est jamais partie aussi longtemps. Le père
joue aux billes avec Albe, quand le téléphone
sonne. À son retour sur la terrasse, le père
n'a plus envie de jouer. On dirait même qu'il
a perdu, mais on ne sait pas à quoi. Il se
penche vers Albe. Ce n'est pas la peine d'évi-
ter les mots : la mère est morte. Un accident
de voiture.

Ce n'est pas la nouvelle qui compte : elle
est tout simplement inaudible, même de loin,
de très loin. Non, ce qu'Albe entend, c'est la
voix du père : affreusement douce. Il ment.
C'est sûr, il ment. Pourquoi ment-il ? Il dit
une chose horrible, et c'est pour en cacher
une plus horrible encore. Je n'y comprends
rien. Elle hurle. Elle frappe son père. De ses
poings fermés, elle le cogne, elle veut le tuer,
ce monstre, cet idiot, qu'il se taise. Qu'il s'en
aille. Il se met à genoux, son visage à la hau-

teur du visage d'Albe, il parle, un vrai fou, une seule phrase, une phrase d'une demi-heure, une phrase d'un seul tenant. Il force Albe à l'écouter, et toujours cette ferveur de la voix, ce mensonge grotesque, grotesque. Elle s'évanouit en l'insultant une dernière fois. Elle tombe dans ses bras.

Maintenant c'est un matin. Elle a dormi un jour et une nuit. Elle se réveille. Le père monte l'escalier, ouvre la porte. Craintif. Elle se lève. Elle est noyée dans une chemise de nuit trop grande pour elle. Elle prend le père par la main. Elle le conduit jusqu'en bas, sans un mot. Elle le fait asseoir à côté d'elle. Elle boit le chocolat, mange les croissants. Attends, ne bouge pas. Elle sort, elle se dirige vers le pré. Dès qu'il la voit, le cheval noir se précipite vers la barrière, au galop. Elle sourit. Elle caresse ses flancs humides de rosée. Tu sais, on ne se verra plus. Et puis c'est mieux comme ça. Parce que voilà : tous ceux que j'aime vont mourir. Allez, va-t'en. Elle ramasse une pierre, elle fait semblant de la lui jeter. Puis elle revient dans la cuisine. Le père la regarde. Il la regarde et il apprend la nouvelle à son tour : il pleure. Elle s'installe sur ses genoux. Tout est dans l'ordre. Elle le console. Elle essuie ses larmes. Elle lui dit des choses dont hier encore elle n'avait pas idée. Elle invente, elle brode. Elle va jusqu'à jouer de son enfance. Elle le ramène peu à peu à la surface. Tout est dans l'ordre : c'est au plus faible de venir au secours du plus fort.

Long voyage de retour, en train. Le corps est égoïste. Il continue de voir, de sentir, de réclamer. Faim, soif, froid, chaud. Et ma mère qui est morte. Ce n'est plus ma mère, puisqu'elle est morte. La joue contre la vitre. Les paysages comme des cartes qui s'abattent, les unes sur les autres : pré avec vache, forêt sans animaux, village avec rivière, montagne, ville, pré. La morte. La mère. L'automne très doux, très pur. Albe relève la tête. Elle a le visage de son père. Les mêmes cernes sous les mêmes yeux vides. Elle pense : je crois que l'hiver est ma saison préférée. Oui, mais voilà : entre cet automne et l'hiver proche, où se trouve le passage? Il n'y en a plus. Il faudra des siècles pour aller d'un point à l'autre, de la porte d'entrée à la chambre du fond. Des siècles et des siècles.

C'est la nuit, la fin des paysages. Dans une heure l'arrivée. Ce qu'elle laisse, dans la maison bleue, elle ne le retrouvera plus. Dieu a roulé en bas de la montagne. Fini. Quant au bleu du ciel, on sait ce qu'il y a derrière, et combien c'est noir.

Albe regarde dans la vitre une petite fille, qui a son âge, qui a perdu sa mère et qui, donc, doit être terriblement triste. Allongée sur la banquette du train, elle ferme les yeux. Elle contemple la tristesse qui est en elle.

Elles sont deux en une, à présent : l'insoucieuse et l'inconsolable.

On ne pourra plus les séparer.

II

Mets ta robe blanche
Et ta ceinture dorée

Albe, deux heures du matin. Allongée sur le lit, les couvertures relevées, les draps froissés. Toujours trop chaud même en plein hiver. Elle se lève, ouvre la fenêtre. Elle cherche une étoile dans le ciel. Elle en compte dix-sept, autant que son âge.

Éclat très sombre du violoncelle. Coup d'archet en travers du cœur. Maintenant les musiciens se lèvent, prennent les chaises sous leurs bras et regagnent les coulisses. C'est l'adolescence, la fin du premier mouvement. La scène est vide. Les musiciens ne reviendront plus. La suite de la partition fait défaut : à toi d'inventer le mouvement suivant, l'adagio, l'amoureuse lenteur, le sacre immobile. À toi de l'écrire puis de le jouer, toute seule. Toute seule, comprends-tu. Toute. Seule. Devant toi, la terre promise : mariage, enfants, travail. Ce désert. Après quoi, silence. Vers la mort, très chère, nous allons. Tous. En dansant ou en boitant, en riant ou en geignant, peu importe, puisque c'est là que nous allons.

Dans la chambre à côté, le père ne dort pas. Il écoute le bruit des pas sur le plancher, cette fenêtre que l'on ferme, ces pensées que l'on ouvre. Albe va partir, c'est normal. Non, c'est cruel. C'est normalement cruel, voilà. Je bois trop, je fume trop, c'est normal aussi.

Albe accompagne le père aux vernissages, dans les galeries, partout. Elle traite pour lui avec les marchands. Une vraie petite femme d'affaires, âpre, dure. Elle prend aussi les appels, classe le courrier, éloigne les importuns d'un sourire. Quelques esquisses dans un carton, elle entre dans les galeries, chez des éditeurs. La quête du succès a depuis longtemps affadi le goût de ses interlocuteurs. L'art, ils s'en foutent. C'est bon pour les génies et les crétins, cette histoire. Avant donc de regarder les peintures, c'est Albe qu'ils dévisagent. La sournoiserie d'un désir leur donne une voix douce, des manières calmes. Elle connaît ces ruses, d'instinct. Elle voit ces gens riches et cultivés comme ils sont : de sales enfants capricieux. Elle n'entre pas dans ces jeux. Elle s'adresse en eux à la noblesse qu'ils n'ont jamais eue. Et c'est le miracle : les voilà désarmés, simplifiés par sa fraîcheur. Menés par le bout du nez par une gamine de dix-sept ans. Ils écoutent, ils regardent : les tableaux — on dirait à présent des icônes — sont plus clairs encore que cette jeune fille. Et ça, ils n'en reviennent pas. Ils achètent, conviennent d'une exposition, provoquent des articles.

Cela, c'est pour les fins de semaine. Pour les autres jours, il y a le lycée, la découverte des grands auteurs. Baudelaire Charles. Rousseau Jean-Jacques. Albe fait l'appel chaque soir, dans son lit. La lecture, c'est pratique, ça vous prend dans ses bras et ça vous emmène toute légère jusqu'au sommeil, jusqu'à l'oubli. Albe a ainsi beaucoup de petits fiancés sur sa table de nuit. Ils l'attendent durant le jour. Elle ne sait jamais à l'avance lequel éclairera sa soirée.

Il y a un professeur qui parle si bien de Montaigne. Il ne parle que pour elle seule. Cela ne fait aucun doute. On peut très bien

51

reconnaître, dans ce qui est dit, ce qui ne l'est que pour vous seule. C'est un homme de cinquante-trois ans. Dans les yeux d'Albe, il en a à peine trente. C'est la voix qui donne l'âge vrai. C'est la flamme d'une parole qui renseigne le mieux sur l'âge des gens. Il a des petites lunettes cerclées d'argent, des lèvres minces. Il arrive toujours en retard, plisse les yeux avant d'entrer, vérifiant qu'il ne s'est pas encore trompé de salle. C'est toujours sur Albe, au deuxième rang, qu'il fait le point. Il ne la regarde plus de toute l'heure qui suit. Un trop grand désir empêche le regard, glace le visage. C'est du moins ce qu'elle croit, Albe. C'est ce qu'elle sent, puisque c'est ce qu'elle est : indifférente, avec passion.

Le professeur. À vingt ans, il porte déjà des petites lunettes d'argent. Mais il n'est pas du tout sur le chemin de l'enseignement. Il règne sur une petite bande, dans une zone industrielle. Ils volent des voitures, rançonnent des garagistes. Un soir ils s'aventurent dans les beaux quartiers, pénètrent dans une villa. Ils sont en train d'envelopper de la vaisselle quand la lumière du salon les surprend. Un vieillard les regarde, assis dans un fauteuil roulant. La bande s'enfuit. Une volée de moineaux dans la nuit noire. Il reste là, une tasse de porcelaine entre les mains. Le vieil homme lui sourit. Vous pourriez choisir des objets de plus grande valeur. Tenez, ce vase, dans le couloir. Vous en obtiendriez un bon prix. Mais avant de rejoindre vos amis, vous accepterez bien un verre. Je n'ai pas tant de compagnie, vous savez. Et les voilà qui discutent une grande partie de la nuit. Le voyou de banlieue et le vieux juge en retraite. Le jeune homme s'en va à l'aube, son vase de Chine sous le bras. Il prend l'habitude de venir plusieurs fois par semaine. Trois mois plus tard, cédant à l'insistance de son hôte, il élit domicile dans une chambre parmi la douzaine de pièces vides, à l'étage. Il peut aller et venir comme il veut. Il est libre de ses gestes. Le juge ne lui demande rien, sinon de lui faire la lecture chaque soir. J'ai vu bien trop de choses dans ma vie, mes yeux sont fatigués. Choisissez vous-même dans cette bibliothèque. Proust, vous connaissez. Non, eh bien nous commencerons par celui-là. Ne lisez ni trop vite ni trop lentement. Je vous écoute. Deux années passent. La poussière des reliures assagit le jeune homme. Le vieillard s'éteint doucement pendant la lecture d'un récit de Balzac : *La fille aux yeux d'or*. Les héritiers arrivent le jour de l'enterrement, et prennent possession de la maison. Il faut maintenant trouver un métier. Le goût d'une vie recluse et la lecture de quelques vies de saints décident de son choix. Il entre au séminaire. Trois ans après, il est nommé dans un village de Bretagne. Au début tout se passe bien. C'est un prêtre comme tous les autres. Invisible. L'ennui vient peu à peu. Il commence à tenir un journal. Il y recueille les histoires qu'on lui confie, dans l'ombre douce du confessionnal. Le diable fait preuve de peu d'imagination : du sexe, de l'argent, encore du sexe. Des secrets éventés. Il noircit plusieurs cahiers d'écolier, puis envoie le manuscrit aux éditeurs. Le livre est publié, remarqué par la presse qui en fait grand bruit. Il est convoqué à l'évêché pour y entendre – debout dans une salle aux murs tendus de vert – un brillant exposé sur l'enfer, qui se conclut par son renvoi. Commence la litanie des petits métiers. Un peu de manutention, beaucoup de gardiennage. L'argent permet d'acheter les livres. Les livres permettent de passer les concours et de se retrouver dans une classe, devant la petite brune aux yeux si tendres, dont le père est célèbre.

À dix-sept ans, on voit clair. On voit ce qui est juste et ce qui ne l'est pas. On devine que le cœur d'un adulte est mélangé de tout. On voit que le cœur d'un adulte est un chiffon, un peu comme ceux qui servent aux peintres, pour essuyer leurs pinceaux. On voit la vie manquée, on se promet tout le contraire. On a des colères pures, sans ressentiment. On a des joies toutes neuves, sans fatigue. Mais on ne peut pas tout voir.

Albe met plusieurs semaines à comprendre que ce n'est pas de Montaigne qu'elle est amoureuse. Follement amoureuse.

C'est vers la fin du mois de juin. Le professeur invite ses trois meilleures élèves à dîner chez lui. Puisque nous ne nous reverrons plus, n'est-ce pas. Au menu, je vous propose un canard à l'orange, c'est la seule chose dont je sois sûr. Je fais toujours le même plat, comme ça les risques sont moindres. Bon, ne venez pas trop tôt. Neuf heures cela ira, et puis n'emmenez rien, ou plutôt si : les gâteaux. N'importe quoi, avec beaucoup de crème.

Sur le chemin, les trois filles bavardent, chantonnent, pouffent de rire. Si on regardait bien — mais on ne regarde jamais assez bien —, on remarquerait la jeune fille sur la gauche, celle qui tient un petit paquet. Parce qu'elle est belle, d'abord. D'une beauté simple qui éteint celle de ses deux compagnes, trop apprêtées. Parce que son rire cache mal son inquiétude, que son inquiétude cache à son tour bien mal son impatience. Et ainsi de suite. Tant de lumières superposées sur un visage, cela le rend obscur. Clairement obscur. Si on regardait encore mieux cette jeune fille, on verrait sur elle tous les signes d'une jouissance à venir — ce désordre savant dans le cœur, perceptible dans la rougeur des joues, dans la pâleur des lèvres et dans la brillance d'une chevelure, lavée il n'y a pas une heure. Elle s'est mise devant son miroir. À nous deux, ma belle. Elle a dû essayer plusieurs robes avant de choisir celle-ci, avec une moue de dépit. Elle est sortie de la maison sur la pointe des pieds, puis elle a claqué la porte d'entrée bien fort : je suis là. Je pars, c'est pour revenir. Rien de nouveau sous le ciel bleu, papa chéri. Le père était dans son atelier. D'ailleurs, au-rait-il assisté au départ d'Albe, il n'aurait sans doute pas vu que le ciel, à cet instant, conte-nait bien moins de bleu que les yeux de sa fille. La peinture, à la longue, ça rend aveugle.

Et les voilà toutes trois serrées en grappe devant la porte. C'est Albe qui sonne. Il ouvre aussitôt, à croire qu'il attendait derrière. Il s'efface devant Albe. Il la mène comme une reine dans les ruines de sa solitude, sous les lambris de sa vie. Quand elle s'est assise dans le fauteuil rouge, environnée de paroles, quand elle a entre ses mains un verre de porto, il s'aperçoit enfin de la présence des deux autres. Il leur offre un verre avec un glaçon, puis revient aussitôt se perdre dans les yeux d'Albe qui ne brûlent que pour lui. Eh bien. Le repas ne va pas être simple.

On parle, puisqu'on est là pour ça. On mange, puisqu'on est là pour ça. On expédie tout ça en vitesse, et pourtant il semble que le temps ne passe plus, que les minutes s'immobilisent, que chaque seconde vaut pour un siècle. Le canard est à peine cuit, les oranges sont tièdes. Le fromage, on l'oublie. Et les petits gâteaux, n'en parlons pas : ils restent sur le plateau. On les contemple en silence. Enfin les deux filles se lèvent, furieuses. Elles sortent sans un mot.

Une dernière tentative pour mentir. Le professeur évoque un récent voyage en Italie. La lumière du marbre. Le chant des fontaines. Le murmure des collines. On dirait, voyez-vous, qu'un ange, passant dans ces régions du ciel, a trébuché sur une ombre et laissé choir sur terre tout son panier de bleu, de rose et de vert. Albe ne répond pas. Elle écoute cette voix qui s'étrangle peu à peu. Elle écoute l'autre voix qui vient par-dessous, qu'elle ne reconnaît pas. Rauque, extrêmement ralentie. Elle ne bouge pas, partagée entre l'envie de s'enfuir et celle de rire aux éclats.

Il y a une méchanceté dans le cœur, si enfoncée qu'on ne pourrait l'enlever sans mourir aussitôt. On appelle ça le désir. C'est un des noms pour dire le sombre, comme le clair. C'est un nom qui dit le sombre dedans le clair. La pensée qui se fige. L'air qui s'alourdit. L'espace qui se resserre. Plus de place, sinon pour deux qui s'apprêtent à se dévorer l'un l'autre. Plus de place que pour un. Plus aucune place nulle part dans le monde, pour personne.

C'est Albe qui prend l'initiative. C'est elle qui a l'intelligence de couper court à toute espèce d'intelligence. À ce point, les mots ne seraient plus d'aucune utilité. D'un sourire, elle jette toutes les phrases imaginables sur le plateau du dessert.

Elle se penche sur lui, le déshabille, lui demande d'attendre, fait glisser sa robe d'un seul geste. Il n'y a rien en dessous. Il y a Dieu en dessous. Dieu et toute la meute des anges.

C'est vers une heure du matin. La sonnerie du téléphone, insistante. Ils regardent, immobiles, l'appareil bourdonnant, le petit frelon noir. À cet instant elle est debout sur la table. Nue, ruisselante de vin — un meursault — qu'il lape avec application, en fin connaisseur. Elle a les deux mains sur les hanches. Rayonnante. Un peu étonnée d'accéder si aisément à toute la souveraineté d'une femme, au grand royaume du monde.

Quand même, il faut rentrer. Elle remet sa robe claire. Elle s'en va sans un mot pour le benêt qui court derrière elle jusque dans la rue. Pas de promesse, n'est-ce pas. Pas de dernier baiser, rien. Ce n'est pas qu'elle soit dure. Elle est bien pire que ça : vivante au sommet de la vie. Présente tout entière à ce qui est, ici, maintenant. Elle marche d'un pas léger. Elle regarde intensément ce qu'elle n'a jamais vu : les lumières délicates de l'aurore. Le gris perle des pierres. La douceur du petit matin sous la robe, entre les cuisses. Voilà la

maison. Elle entre, referme la porte sans pré-
caution. On a faim. On a très faim de confi-
ture, très soif de café noir. C'est qu'on est
jeune et qu'on est depuis quelques heures une
autre chose aussi, qu'on ignore, qu'on ne sa-
vait pas. Une chose effrayante, magnifique.
Hier on ne se connaissait pas. À présent on
se connaît mieux, mais on n'y comprend rien.
Plus rien du tout. Ce rien du tout la fait chanter dans la cuisine, une tartine de groseilles à
la main. Le père la découvre comme cela. Il
reste sur le seuil. Il la regarde. Longuement.
En silence. Ce n'est pas elle qu'il regarde.
C'est l'autre, la morte. La mère. Le visage
d'Albe était comme une neige. La neige a
fondu en une nuit. On peut voir l'herbe du
second visage, celui de la femme adultère.
Comment expliquer. Il n'y a qu'un peintre
pour remarquer cette soudaine catastrophe
des lumières, ce glissement imprévu de visage.
Il s'approche d'elle. Il prend sa tartine et en
mange un bout. Il sourit et lui donne une
gifle, puis une deuxième, très fortes. Maintenant il va se coucher. Elle reste encore un
peu dans la cuisine. Ses joues sont brûlantes.
Rien de grave. Elle sait très bien que les deux
claques n'étaient pas pour elle. Elle sait très
bien que, tout à l'heure, ils ne parleront pas

de cet orage dans la cuisine. Ce qui est vraiment dit, ce n'est jamais avec des mots que c'est dit. Et on l'entend quand même. Très bien.

Le père et la fille décident de passer l'été dans la maison bleue. Ils n'y sont pas revenus depuis la mort de la mère. Le voyage est long, le voyage est court. Le paysage bouge avec la pensée. Les grandes forêts disent une crainte. Les premières montagnes au loin disent l'espérance. On s'arrête au village pour remplir des cartons de fruits et de conserves. Il y a toujours les deux cimetières, les deux garagistes et les deux sœurs à l'épicerie. Les tombes sont un peu plus inclinées dans la terre. Les visages sont un peu plus creusés par les rides. Quant à la maison, elle est comme dans le souvenir : un moineau de pierre douce dans le nid des lumières. On s'installe. On défait à peine les valises. D'abord mettre de l'ordre. Réparer, effacer. Albe passe la serpillière à l'intérieur. Le père repeint les volets. La couleur bleue reste dominante, mais c'est maintenant un bleu de nuit sur lequel il dessine des étoiles, des lunes, des comètes.

Albe range des affaires dans la chambre de la mère. C'est là qu'elle dormira. Elle aère un matelas. Elle déplace une table basse de buis massif, dont les pieds sont formés de trois gueules de lion, béantes. Il y a quelque chose, tout au fond d'un lion. Un carnet de cuir noir. Elle le prend, s'assied dans un recoin. Commence à lire.

Petite mère. Petite alouette dans le ciel pur. Petite maman lunaire. Ma douce aux bras si frais. Ma géante, ma poupée. Où donc es-tu partie si vite. Tu es la plus étourdie des voyageuses. En partant, tu as laissé tous tes rires dans mes yeux, tu as négligé d'éteindre la lumière dans mon cœur. Comment pourrais-je m'y retrouver, maintenant. Tu as gardé pour toi tant de clarté que je n'y vois plus rien. Ce n'est pas bien, maman soleil. Ce n'est pas bien du tout.

Une demi-heure de lecture, deux jours de méditation. Une méditation ni triste ni heureuse. Sur on ne sait quoi. Enfin une promenade dans la campagne alentour. Dans l'in-

nocence de chaque heure, Albe va. Bientôt
elle presse le pas, affolée. Quelque chose
manque, c'est évident. Elle regarde le vert
profond des feuilles, la douceur brune du sol.
Elle cherche partout. Elle trouve : le carnet
noir. Elle revient le prendre. Elle s'enfonce
dans la forêt, va jusqu'au village, pénètre dans
le plus vieux cimetière. Elle choisit une tombe
assoupie dans la terre. Le vent a usé l'inscrip-
tion sur la pierre. On ne lit plus rien. Elle
creuse un trou de la grandeur d'une main.
Elle y glisse le carnet. Elle le recouvre de
terre. Voilà. L'été peut commencer.

Le lendemain une lettre arrive. C'est le père
qui la lui emporte, dans sa chambre. Il l'a
tachée de peinture ocre, de cette peinture qui
traîne toujours entre ses doigts. Elle grogne
dessous les couvertures. Pose-la sur la table,
je verrai tout à l'heure. Puis, sans un regard
sur l'enveloppe, elle retourne au sommeil an-
gélique. Comme ça jusqu'à midi. Elle se lève,
ouvre les volets. Elle prend une douche. Elle
va descendre à la salle à manger quand elle
se souvient de la lettre. Il n'y a plus rien sur
la table. Il n'y a rien sous la chemise de nuit
jetée à terre. Il n'y a rien non plus sous le lit.
Elle tire les draps et découvre le mot bien au

65

chaud dans le milieu du lit, là où le poids du corps fait comme une rivière. Comme si elle l'avait mené tout contre elle, dans la merveille du repos. Elle l'ouvre. Un peu surprise, très vite dépitée. Dans la lettre du professeur, il n'y a pas un seul mot manuscrit. Il n'y a qu'une fable, tapée à la machine. Elle lit la première phrase. Elle déchire la lettre. Ce n'est pas de littérature dont elle a faim. C'est de beaucoup plus. Et, faute de mieux, c'est du jambon de pays et de la salade verte qui brillent en bas, sur une table bancale.

L'été. Albe découvre que l'été est un vrai problème, au même titre que l'amour ou l'enfance. Comme tous ces problèmes-là, celui-ci se réduit à une question élémentaire : comment occuper tout ce temps. Deux heures de l'après-midi. La lumière est à son comble, la mort à son zénith. Le père somnole au milieu de ses tableaux. Albe a trouvé de quoi passer une heure ou deux : elle recolle un à un les fragments de la lettre. Elle lit :

« Il fume la dernière cigarette, écrase le mégot sous son pied et frappe à la porte du monastère. Le chemin qui mène au ciel est noir, étroit comme l'escalier qui conduit à la chapelle. Il monte la première marche, passe la première année. Il a changé d'habits, de pensées et de nom. La place de jardinier lui convient très bien. Se courber, attendre. Servir ce que la première neige étouffera, puis tout recommencer. L'odeur de l'encens et celle des vieux livres suffisent au corps, léger sous la bure. Il reste cependant quelque chose à perdre : cette pensée l'empêche, chaque nuit, de savourer un sommeil de cinq heures — pas une minute de plus. Quoi. Il monte d'autres marches, plusieurs années. Il n'est plus jardinier. Sa douceur et son effacement l'ont fait élire à de plus hautes charges. Il connaît l'épreuve simple : plus proche la lumière, plus certaine la boue sur les yeux. Il passe. Le chemin rétrécit, il passe quand même, s'en remet au Seigneur tout-puissant. Et toujours cette chose à perdre. Quoi, mon Dieu, quoi. L'obsession, la poignée de gravier lancée par le diable contre la fenêtre grillagée de la cellule. Jour et nuit, l'obsession. La sainteté approche. Tout se durcit, les pièges sont recensés dans les livres trempés d'or : l'ascétisme comme suprême luxure. La tentation de l'héroïsme. Il faut se mettre de profil pour avancer. Il passe encore, épargné par sa faiblesse. La main de l'ange le frôle dans les prières matinales. De plus en plus présente, la chose à perdre. Enfin il meurt dans le bleu soir d'été, et le scandale éclate : le corps est impossible à transporter. Dix moines réunissent leurs efforts sans réussir à mouvoir le cadavre. Il est emmuré dans la cellule, en l'état. Un dossier est ouvert. Les jours anciens sont passés en revue. Dans le caveau de fortune, par les lèvres glacées du mort, passent les volutes du tabac, la dernière bouffée de fumée et tout le goût du monde retenu dedans, depuis tant d'années, retenu. »

Elle se lève, écrit sur un papier quadrillé : « Pourquoi ne viendriez-vous pas ici? Il y a assez de place et d'ombre pour écrire. Mon père serait ravi de vous rencontrer. » Elle se rend à la poste. En chemin, elle cueille une poignée de chèvrefeuille qu'elle glisse dans l'enveloppe.

La réponse vient vite. Un peu trop vite, peut-être. Il arrive dans deux jours, par le train. Le premier jour, Albe se promène du côté des étangs. Elle revient avec un bouquet de roseaux dans les bras, avec la folie dans son cœur. Le deuxième jour, elle s'impatiente. Elle chiffonne toutes ses robes. Décidément, je n'ai rien à me mettre. Le soir, le père accompagne Albe à la gare, distante d'une trentaine de kilomètres. Comme le train n'arrivera que tard dans la nuit, ils s'offrent une fête en ville. Un repas aux chandelles dans un restaurant chic. Un vieux film de Dreyer. Au sortir du cinéma, ils se heurtent à des hommes aux visages enduits de suie. Un cortège traverse la ville, passe et repasse, dans les cris et les rires. Une vieille femme, accoudée à sa fenêtre, leur explique : c'est la mise en scène d'une très ancienne frayeur. L'histoire commence au début du règne de Louis XIV. Des hommes descendent des montagnes proches. Ils ont des manteaux noirs, des yeux de loup. Ils se répandent comme de l'eau dans les rues de la ville. Ils entrent dans les maisons, emportent les enfants en bas âge. À la moindre résistance, ils font briller le fer et le sang. Les dragons du roi sont envoyés sur place. Ils s'installent en ville, dans l'attente de nouveaux rapts. Ils y commettent presque autant de méfaits. Enfin ils découvrent, essaimée dans les cavernes alentour, une société gouvernée par des enfants de dix ans, servis par des adultes. Les baies sauvages et la chair parfumée des chamois nourrissent ce petit monde. Quand les épidémies ou le froid éclaircissent trop les rangs, on descend dans les vallées, chercher de nouvelles recrues. Les soldats du roi mettent fin à l'étrange paradis. Depuis ce temps, la ville célèbre le retour à l'ordre ancien : des habitants, vêtus de sombre, offrent à chaque enfant un masque de velours rouge. À la fin de la soirée, les enfants jettent les masques sur un brasier.

Le ciel d'été. La grande fleur nocturne du ciel d'été. On se promène là-dessous comme sous les grands plafonds d'enfance. On va, on vient. On passe des rues, des pensées, des visages. On cueille les étoiles une à une. Un peu, beaucoup, passionnément. À la folie on va sous un tel ciel. Albe, assise à une terrasse de café. Le père et la fille. On les regarde. Elle frissonne de plaisir. Le père lui tend son pull couleur rouille. Elle boit une liqueur verte. Comme un chat, elle boit à petites gorgées, sans rien perdre des mouvements de la rue. Elle a oublié l'heure du train. Elle a oublié beaucoup de choses. Elle goûte à la certitude sucrée du bonheur.

La gare est immense, toute en vitres. Des plantes vertes, partout. On a l'impression d'entrer dans une serre. Albe regarde son père qui marche le long du quai. Il allume une cigarette blonde. Comme d'habitude, il la laisse se consumer entre ses doigts. Il réfléchit. C'est une manie dans la famille, une maladie sans doute héréditaire : cette pensée indéfiniment prolongée. Cette pensée qui s'épuise lentement pour, dans une ultime flambée, donner le jour à une peinture. Et chez Albe, elle se termine par quoi, cette pensée solitaire. Elle ne se termine pas. Elle est interminable.

Elle considère à présent un moineau qui sautille entre les rails, à la recherche d'un peu de nourriture. Le bruit des voix ne le dérange pas. Il semble familier des lieux. Il saute de temps à autre sur le quai, quelques secondes avant qu'un train ne signale sa venue – comme s'il connaissait les horaires. Quand il y a trop de voyageurs, il s'envole un degré plus haut, sur une verrière. Le calme revenu, il revient sur les rails. Albe ne le quitte plus des yeux. Cette quête indifférente au monde, insouciante et entêtée, la réjouit profondément. Mais il y a quelque chose qui ne va pas. Le moineau sautille depuis une bonne demi-heure. Or ils n'avaient que six minutes à attendre, à leur arrivée en gare. Le père se renseigne. Il n'y a plus de train avant l'aube.

La voiture s'enfonce dans la nuit, toutes vitres baissées. En route pour un très beau chagrin sous l'oreiller, dedans la maison bleue. Et puis non : il est là, assis en tailleur devant la porte. Les lunettes d'argent brillent dans les phares de la voiture. Il est arrivé par un autre train, d'une autre ville. On rentre, on prépare une boisson chaude. Comme on est tous fatigués, on va se coucher. Voilà votre chambre. C'est en ouvrant son sac à dos qu'il s'aperçoit qu'il n'a pas songé aux vêtements, ni aux serviettes. Pour le reste, ça va : une dizaine de livres, des lunettes de rechange, rasoir, réveil et peigne. Demain on vous prêtera ce qu'il faut. Bonsoir.

On s'enferme sagement, chacun dans sa chambre. Chacun dans son cœur plié en quatre. Demain on le dépliera. On verra ce qui était caché dedans. Peut-être tout. Peut-être rien. Ce soir, ça ne compte pas. Il y a des soirs comme ça, où – fatigue, distraction, souci ou Dieu sait quoi – rien ne compte, rien n'arrive. Des soirs et des jours. Un peu trop de soirs, un peu trop de jours.

La campagne est ronde de mon amour. La colline est douce comme mes seins. Mes deux seins d'amande pâle. Ils sautent légèrement quand je marche. Ils se gonflent dans la peur ou la joie. Ils fleurissent sous sa main. Il les regarde souvent quand il me parle. Il me fixe droit dans les yeux, mais je sais bien qu'il ne voit qu'eux, les deux collines de mes seins sous la lumière du corsage. Je me suis habillée pour lui plaire ce matin. Une jupe plissée, beige. Un corsage blanc léger. Peut-être n'aime-t-il pas le blanc. Peut-être se moque-t-il de tout ça. Je suis sûre que non. Je ne suis sûre de rien. Je voudrais qu'il se taise. Je voudrais qu'il me prenne tout de suite, dans ce pré, à deux pas du ciel rond. Je voudrais qu'il me donne à moi ce baiser dont son Proust de malheur dit qu'il lui aura manqué toute sa vie, pour bien dormir, pour bien mourir. Qu'est-ce que c'est que cette histoire. Est-ce qu'on parle de Proust à une jeune fille tout éblouie d'amour. Tout à l'heure, il n'osait pas me regarder. Il avait une drôle de tête, une tête mal endormie, mal réveillée. Le père sait tout. C'est évident, il sait tout. Et il s'en moque. Ou il attend. Il attend quoi. Rien, il attend, il a toujours attendu. Il était un peu triste, le père. Il avait la tête de qui a toujours attendu et n'a rien vu venir, que des peintures. Il lui faudrait une femme. Oh, je n'aimerais pas ça. Une femme dans cette maison. Un petit animal comme moi. Une innocente rusée, une qui porte le désordre partout où elle montre le joli bout de ses seins. Qu'est-ce que je raconte, moi. Et d'ailleurs ce n'est pas mon affaire. Je ne peux quand même pas vivre pour le père. Pour l'autre, oui, je voudrais tellement vivre et courir et danser. Même si. Même si ce n'est pas si clair, si rose, si tendre que ça. Déjà maintenant. La distance entre lui et moi, je la vois, je la sens. Je la reconnais déjà dans la manière de marcher. On ne va pas du tout du même pas. Il va trop vite pour moi. De temps en temps il ralentit, revient à mon côté, mais c'est plus fort que lui. Dans le pré, il n'y avait plus le cheval. Le cheval noir de mes galops d'enfance. Mon frère aîné le cheval sombre. Mon mari le cheval fou. Il n'est pas mort, je l'ai assez aimé pour qu'il ne meure pas. Il n'est pas mort puisque je l'attendais, moi. Et même s'il est mort, tant pis. Tant pis, tant pis, tant pis. Quand est-ce qu'il va se décider à me prendre dans ses bras, à quitter son vieux Proust. Il ressemble au père, c'est drôle. Je m'en suis aperçue la semaine dernière. C'est dans les yeux que ça se passe. Quand ses yeux se rapprochent des miens, à les éteindre. À me brûler le cœur. Il est comme le père, mené par quelque chose. On ne sait pas quoi. Le père, je devine, les peintures parlent pour lui. Mais celui-là. Ce mélange de force et de douceur. J'ai cru qu'il allait me gifler, l'autre nuit, quand j'ai éclaté de rire. Il a eu si peur que le père nous entende, et sa peur me poussait encore plus dans le rire, dans le drôle et le triste. Faire l'amour en cachette, c'est comme voler des bonbons à l'épicerie. C'est délicieux. Ce goût exquis, dans l'arrière-bouche, d'une chose pas bien. Pardonnez-moi mon père, pardonnez-moi ma mère, pardonnez-moi monsieur le pape et monsieur grand Proust. Pardonnez-moi parce que j'ai péché et que je compte bien pécher encore et encore, si vous saviez, tellement c'est drôle, tellement c'est triste. Je ne lui ai pas dit pour le cheval. Avant de dire, je savais qu'il n'entendrait pas. À sa façon de marcher, je savais. J'ai dit seulement qu'il y avait un cheval, qu'il était noir, aussi noir que j'étais petite. Il n'a rien entendu, bien sûr. Mais c'est aussi que je n'avais rien dit. Il y a deux manières de mentir. On peut inventer. On peut dire aussi la vérité en passant, d'une voix menue, comme une chose parmi tant d'autres sans importance. C'est la plus élégante façon de mentir. Ah quand même il se décide. Il m'étouffe. Je ne respire que quand il m'étouffe comme ça. Quand il arrête enfin son pas, ses pensées et sa parole. Quand il s'aperçoit du centre du monde, de la gentillesse de mes seins dans ses mains. Comme je suis belle dans ses bras. Comme il est doux, le centre du monde, sous l'étoffe de coton.

Donc c'est une joie qui vient chaque jour, avec le café chaud et le pain grillé. C'est une joie qui augmente avec la lumière, qui dure quand la lumière fait défaut, qui n'est pas soumise à la noire tyrannie des contraires. Le jour, la nuit. La présence, l'absence. C'est une joie avec un subtil tourment à l'intérieur. Une vibration silencieuse, comme au sommet des arbres.

Un soir dans la vie d'une jeune fille de dix-sept ans et sept mois. Elle démêle ses longs cheveux devant la glace. Elle écoute la grave conversation des deux hommes de sa vie, en bas. Les sons traversent aisément les planches. Ici, tout résonne. Mieux vaut ne pas songer aux nuits du père dans la chambre à côté. Elle écoute cette conversation qui se prolonge un peu plus chaque soir. Les deux hommes s'estiment et se plaisent. Des rires s'élèvent, par instants. Des flammes de rires qui lèchent le plancher de la salle de bains. Elle tape du pied, agacée. Mais ils ne l'entendent pas. Ils sont dans la découverte l'un de l'autre. Ils échangent leurs places, ravis : le peintre parle de littérature. Le professeur de lettres parle de peinture. Et la fille du peintre attend le professeur dans son lit : elle cède au sommeil dans l'attente. Elle ouvre la porte au diable des mauvais rêves. Elle est dans une salle noire, devant un écran blanc. La salle est remplie de gens qui rient ensemble à certains moments, qui pleurent ensemble à d'autres. L'écran reste vide. Les lumières se rallument, les spectateurs applaudissent. Albe demande à son voisin, qui a une tête de cheval, quand donc le film va commencer. Elle ne peut entendre la réponse, car le professeur la réveille, d'un baiser à la tempe.

Midi dans la cuisine. Midi dans l'âme. Midi partout. Demain, nous ne nous verrons pas, Albe. Je partirai très tôt pour Annecy. Je ne reviendrai que dans la nuit. Elle épluche des tomates. C'est joli, une tomate écorchée. La délicatesse des veines rouges. La fraîcheur du cœur abondant. Elle ne dit rien. Elle se mord les lèvres pour ne rien dire, mais la question est déjà venue : et qu'est-ce qu'il y a de vivant, à Annecy. Et qu'est-ce qui est si intéressant, à Annecy. Quel beau jupon près du lac, quelles blanches dentelles à Annecy. Le pire, c'est qu'il n'est pas surpris. Non. Ce n'est pas ça, le pire. Le pire c'est qu'il est soulagé et qu'il répond aussi vite : ma femme est à Annecy, depuis trois mois. Ce qui fait que vous ne l'avez pas encore rencontrée. Elle est dans une maison de repos. Elle revient en septembre.

Mais n'ayez crainte. Nous pourrons continuer à nous voir. Je lui ai parlé de vous. Nous formons un couple, comment vous dire, inutile de vous dire, n'est-ce pas, Albe. Elle vous aime déjà, elle voudrait vous connaître.

Elle ne dit plus rien. Elle examine chaque tomate, en détail. Il la regarde à la dérobée. Elle appelle au secours mais il ne voit qu'un sourire.

La nuit. Dans la nuit il y a une deuxième nuit, plus froide que la première. La deuxième nuit commence vers les deux heures du matin. Elle s'étend jusqu'à l'aube. Ce temps est occupé par Albe, dans la salle de bains. Deux doigts enfoncés dans la gorge. Penchée sur le lavabo. Rien ne fait passer l'envie de vomir, et pour vomir quoi, puisqu'elle n'a rien mangé ce soir.

Il revient d'Annecy dans le milieu de la nuit. Il va tout de suite dans sa chambre. Il n'éclaire pas. Il reste un moment devant la fenêtre. Brusquement, il se retourne : Albe est là, dans le lit. Elle le regarde sans dire un mot. Enfin elle ouvre les bras. Ils restent ensemble le restant de la nuit, puis le matin, puis l'après-midi. Deux gisants dans le profond du lit. Le matin, le père frappe à leur porte. Il redescend ensuite, pour ne plus remonter. Ils se lèvent en début de soirée. Ils ouvrent la fenêtre sur un ciel talentueux, rose et gris, avec des passages orangés. Le père les attend dans la grande salle, devant un pot-au-feu. Un pot-au-feu, au plus chaud du mois d'août. Cela fait éclater de rire Albe, d'un rire bientôt contagieux. C'est dans les hoquets du rire qu'elle retrouve une force, invente une issue. Puisqu'un pot-au-feu suffit à me donner tant de joie, je ne mourrai pas de cette histoire, ni de rien d'autre. Et les paroles viennent au plus fort de l'hilarité : quel dommage, papa, que le professeur ne puisse pas rester plus longtemps. Nous nous amusions si bien tous les trois.

Elle le regarde ranger ses affaires. Les livres au fond du sac. Les mains qui tremblent un peu, qui réinstallent les lunettes d'argent sur le nez. Elle est droite devant la porte. Sa voix est sèche, ses yeux sont froids. Un grillon chemine lentement dans son cœur. Il suffirait que le professeur dise un mot. Qu'il décide de rester quand même, comme un enfant qui refuse la punition. Il suffirait de moins que ça. Elle prie pour que quelque chose arrive, elle prie pour que rien n'arrive. Il passe devant elle, monte dans la voiture. Le père l'accompagne à la gare. Elle reste sur place. Elle s'allonge sur le sol, ferme les yeux.

Que reste-t-il de cet été, du dernier été de la maison bleue. Peu de chose. Du bonheur répandu sur les chemins, dans les cheveux. Des poussières de bonheur qu'on retrouve dans le lit au matin. Des éclats de paysage, des reprises de lumière. Car le chagrin, quand il vous prend, ne vous consume pas toute. C'est même ce qu'on pourrait lui reprocher, au chagrin. De ne pas tout envahir. D'un seul coup, une bonne fois. D'oublier quelques fleurs simples, dans un coin du jardin dévasté. La douleur, comme l'amour, sont de mauvais ouvriers. Ils ne savent jamais entrer dans l'âme jusqu'en son fond. Mais y a-t-il un fond.

Ce qui reste de l'été, ce sont deux choses. D'abord le souvenir de la mauvaise humeur du père. Quand il revient de gare, il fait la tête. Un comble. Il ne décolère pas de toute la semaine. Lui qui ne parle que par grogne-ments, il ne parle plus du tout. Ce qui reste encore, c'est une rencontre dans le dernier jour des vacances. Cette rencontre est au plus haut point décisive pour les années à venir. Les sept années à venir.

Voici comment les choses arrivent. Albe a pris une grande décision. Elle va tout changer dans sa vie. Tout. Et d'abord le plus simple : finies les grasses matinées. Je me couche tôt. Je me lève avec le jour. Quelques foulées dans la forêt. Silence, air pur. Bonne fatigue des jambes, claire toilette des yeux. Après, déjeu-ner. Ensuite, trois heures d'études. Car à la rentrée il me faut choisir quelque chose, un métier. J'étudierai les langues. Je quitte la maison du père. Je prends un studio, je travaille à mi-temps. Je deviens interprète. Dans le tourisme, les affaires. Je voyage beaucoup, loin. Je m'installe à l'étranger. L'Autriche, peut-être. Ou n'importe quoi avec du vert et du sombre, et des montagnes derrière. Après on verra. Après, je suis vieille, c'est tout vu.

Pour atteindre le lointain, il faut passer par le proche. Or le proche ne se laisse pas atteindre si aisément. Elle parvient deux jours de suite à se lever très tôt. Elle découvre l'immensité du temps, bientôt contaminée par l'ennui. Et puis comment étudier sous la tutelle d'un ciel si bleu. Elle remet donc tout à la fin des vacances. Elle ne garde de sa volonté neuve que l'agacement qui la suscitait. C'est à ce point qu'intervient la rencontre décisive. C'est au bord d'un étang peuplé de grenouilles. Celles-ci traînent sur le chemin de ronde. Albe s'amuse de sa puissance sur les rainettes, de sa capacité à semer, d'un pas au suivant, une panique suivie d'une baignade. Mais voici qu'une grenouille demeure au milieu du chemin. Immobile. Aucune respiration apparente. Aucun mouvement des muscles gainés de vert. Albe se penche sur le petit animal. Elle lance une brindille sur la peau brillante, tachetée de noir. Rien. Elle tend la main pour s'en saisir quand la grenouille, en un éclair, file entre ses doigts et disparaît dans l'étang. Amusement d'Albe. Amusement suivi d'une longue réflexion.

D'où vient l'aide, dans la vie. On ne sait pas. On sait seulement la reconnaître quand elle arrive. Comme toujours imprévisible. Comme toujours énigmatique. La grenouille vert et noir a sauté dans les pensées d'Albe. Elle y demeurera longtemps cachée. Elle y renouvellera souvent son conseil qui est de feindre l'immobilité, de simuler une mort. Attendre. Ne bouger que dans l'extrême proximité d'un danger – ou d'un amour. Ne rien entreprendre avant. Attendre.

Elle attendra sept ans. Peut-être trouverez-vous que c'est bien long, sept ans. Pour Albe, ils passeront comme un seul jour. Plus tard elle se dira, songeant à cette époque : je n'ai jamais été aussi heureuse que dans ces années-là, de sommeil et d'eau froide.

Chère Albe. Toujours excessive.

III

Ouvre-moi ta porte
Pour l'amour de Dieu

Il y a les heures d'étude, l'indifférence sage.
Elle est assise dans le haut d'un amphithéâtre.
Elle écoute. Elle noircit du papier. Elle a choisi
d'étudier le français. C'est une langue étran-
gère, comme toutes les langues natales. Par
exemple : que veut dire « je t'aime ». C'est une
phrase sans sujet. C'est un verbe qui s'énonce
de lui-même. Il s'élance dans le souffle. Il
s'épuise dans sa lancée. Il passe d'un silence
à un autre silence. On apprend dans les livres
la différence entre les deux silences. Elle est
infime. Il faut beaucoup lire pour la reconnaître.

Il y a les heures d'amitié, la parole blanche.
Autour d'Albe, une petite cour. Les jeunes
gens se bousculent pour être à ses côtés.
L'amour les rend bêtes et lucides, comme il
convient. Voilà la femme qu'il me faut, celle

qui n'est pas pour moi. La douceur de ce visage. La patience de cette voix. Elle vous laisse approcher. On ne la dérange pas. On ne la comble pas non plus. On lui parle de soi, c'est un sujet que l'on connaît si mal. On lui donne ses tourments, ses projets, ses plaisirs. Elle écoute en souriant. Quand on s'avance un peu, il n'y a plus personne. Lorsqu'elle vous invite chez elle, votre regard partout se cogne : la blancheur de ces murs, de cette robe, de cette vie. A-t-on idée d'une pareille solitude dans le milieu du centre ville. On ne sait trop quoi penser d'elle. On ne peut en dire que du bien, c'est-à-dire rien de sûr. On peut aussi penser qu'elle est absente. Absente d'elle-même comme de vous. C'est une chose que l'on peut très souvent penser des gens. C'est une chose qui n'explique rien.

Elle habite un appartement dans un immeuble ancien. Le père a vendu neuf tableaux pour le lui acheter. C'est du moins ce qu'il prétend : Albe le soupçonne d'avoir emprunté. La façade est douce au regard. Pierres attendries par le temps, recouvertes de vigne vierge. L'appartement est au rez-de-chaussée. La première pièce, c'est pour les livres, les robes et les amis. La seconde pièce est sans qualité. Elle sert de cuisine et de bureau. La troisième est la plus large et la plus vide. Un lit l'occupe presque en entier. Les murs sont recouverts par une fresque conçue par le père. Les teintes ont été choisies pour accompagner le passage de la lumière d'un mur à l'autre, du matin au crépuscule. C'est la pièce préférée d'Albe. Elle y paresse, elle y lit, elle y écrit. Elle y dort comme dans l'œil de son père. La fenêtre de la chambre donne sur le jardin d'un couvent. Cette vue a décidé de l'achat de l'appartement : d'un côté le corps, avec les rangées des salades et des tomates. De l'autre côté l'âme, avec un rosier exubérant que les ciseaux du jardinier ne peuvent ramener dans le droit chemin. Une insurrection de parfum et de sang. Entre les deux, l'étendue verte d'une pelouse. Tous les lundis, Albe enjambe la fenêtre, court au fond du jardin et dérobe une rose. Il y en a tant que cela ne peut se voir. Les fleurs achèvent leur carrière entre les pages d'un livre : immortelles, désormais.

Mystère des êtres les plus proches. Il est parfois possible d'en savoir plus. On peut ouvrir un sac. On peut surprendre un regard. Mais ici, rien ne parle. Il suffirait pourtant de regarder ce jardin, ce rosier tumultueux. Albe y est tout entière. Son secret est en dehors d'elle. Exposé à ciel ouvert. Invulnérable.

Un dimanche après-midi. Allongée sur le lit, un verre de vin blanc et un fromage sec à ses côtés, elle lit un journal. Neige va et vient sur les feuilles, passe sous le nez d'Albe, rend la lecture impossible. Elle se lève, va chercher du lait dans le réfrigérateur. Le petit chat boit avec tant d'impatience qu'il bascule dans l'assiette creuse : blanc sur blanc. Albe éclate de rire. Vexé, Neige file par la fenêtre entrouverte. Il reviendra dans une heure ou deux jours. C'est un chat qui n'est à personne. Il rôde dans l'immeuble, gratte à chaque porte. Il prend ses aises partout et ses habitudes nulle part.

Neige revient aussitôt, dans les bras d'Antonin. Quand est-ce qu'on va au cirque. Tu m'avais promis. Elle range ses affaires et les voilà dans la rue, bras dessus, bras dessous.

La première fois, Albe découvre l'enfant endormi contre sa porte. Elle le prend dans ses bras et le mène dans sa chambre. Elle le regarde sans oser l'éveiller. Quand il ouvre les yeux, il s'inquiète de l'heure. Onze heures du soir. Bon, je peux rentrer. Il sort, monte l'escalier d'un pas rapide. Il frappe à une porte qui s'ouvre aussitôt. Il redescend deux soirs après, pour une poignée d'heures. Plusieurs fois par semaine. Albe ne demande rien. Elle laisse sa porte entrouverte. Elle ajoute des gâteaux et du chocolat sur la liste des courses.

C'est une voisine qui la renseigne : Antonin est né tout au fond d'un désert, tout au bord de mourir. Un miracle en somme. L'histoire se passe dans les Cévennes, il y a huit ans. La mère travaille dans une poste. Elle habite loin de son travail, dans un village en ruine. Elle y restaure une bergerie. Un jour, un cirque traverse le village. Il est tard, les chevaux et les gens sont fatigués. Ils s'arrêtent là pour la nuit. Ils donnent une représentation pour la jeune femme. Deux petites filles sautent sur un tremplin, traversent un rond de papier. Elles disparaissent et ressortent de la malle vermoulue de leur père magicien. Leur oncle crache du feu en jonglant avec des balles noires. L'oncle et le père reviennent pour un numéro de clown sous le ciel étoilé. C'est un cirque familial. C'est une famille comme toutes les autres : étroite et folle. Grise et drôle. À la fin du spectacle, la jeune femme invite la petite troupe à un repas. Le sommeil touche les paupières une à une. Les fillettes vont dormir les premières, bientôt suivies par leur père. La jeune femme et le jongleur échangent un regard. Mais échanger n'est pas le mot. Le jongleur vole les yeux de la jeune femme. Elle entre avec lui dans la roulotte. Elle n'en sort qu'au matin. Quelques semaines plus tard, elle est enceinte. Elle aménage une chambre, coupe du bois de chauffage. Elle regarde les saisons. Elle attend dans sa maison l'enfant du jongleur et des étoiles. Il vient plus tôt que prévu. Le visage du petit Antonin est terreux. Il crie jour et nuit. Elle s'affole. Elle appelle un médecin. Le téléphone ne marche pas, la neige a effondré un poteau. Elle prend la voiture. La voiture tombe en panne au bout de dix kilomètres. Elle s'en va sur les routes étouffées par la neige, l'enfant enfoui dans le chaud de ses bras. Elle marche, elle marche. Elle s'arrête enfin, dans un fossé. Elle chante. Pendant deux jours et deux nuits, elle chante, l'enfant recroquevillé dans ses bras. On la trouve ainsi, à demi folle. Elle meurt dans la nuit. L'enfant est sauvé, confié à sa grand-mère. Celle-ci s'occupe de lui, veille à son éducation, le mène jusqu'à ses huit ans. Avec l'âge, elle commence à délirer : elle met une douzaine de couverts sur la table. Ce sont tous ses défunts qu'elle attend à manger. Ses parents, ses grands-parents, sa fille. Elle ne reconnaît plus l'enfant. Qui êtes-vous, jeune homme. Je m'excuse, mais je ne peux vous retenir, j'ai beaucoup d'invités ce soir. L'enfant prend l'habitude de ces crises. Dès les premiers vouvoiements, il quitte l'appartement. Il fait comme Neige. Il va partout. Il ne dérange pas. Personne ne s'étonne plus, dans l'immeuble, de trouver un enfant ou un chat, sur son palier.

Albe et Antonin. Gravité de cet amour. Légèreté de ce lien. La jeune femme aide l'enfant pour les leçons de chaque jour. L'enfant aide la jeune femme pour la douceur de vivre. Ils grandissent dans le même temps, par les mêmes mots. Au début, Antonin ne descend qu'à l'occasion d'une crise. Bien vite, il passe même par temps calme. Qu'est-ce que tu fais, Alme. Il ne sait jamais dire les noms comme il faut. Elle ne fait rien, Alme. Elle répond toujours qu'elle ne fait rien. Quel bonheur. On peut partir dans les rues coloriées. On peut aller au cinéma, ou bien raconter ce genre d'histoires qui montent aux lèvres de la jeune femme si aisément – comme si elles dormaient tout au fond de son cœur. Mais qui donc les y aurait mises. Le père était muet dans l'enfance, et la mère n'avait jamais le temps. Albe raconte les jumeaux Pile et Face, les aventures de neige et Ralagore. Antonin écoute en fronçant les sourcils. Elles sont bien, ces histoires, mais elles ont déjà servi. Cela s'entend. Il en demande une toute neuve, rien que pour lui. Ils cherchent ensemble ce qui conviendrait. Ils trouvent. Le paquet, c'est l'idée d'Albe. Ce qui est à l'intérieur, c'est l'idée d'Antonin :

Tôt le matin, les deux employés frappent à la porte. Le premier reste sur le seuil, tandis que le second s'aventure dans l'appartement, poussant son investigation jusque dans la chambre à coucher. Il fait signe à son collègue qui retourne chercher le colis dans le camion. Après la signature du reçu, les deux employés, un rien de malice dans leurs yeux, s'en vont plus loin, poursuivre leur travail. Les clients tournent autour du paquet, hésitant à l'ouvrir. La paille sort en abondance, se répand dans le couloir. L'instant le plus délicieusement tourmenté est celui où l'on enlève la dernière couche protectrice. Non qu'il

s'agisse, à proprement parler, d'une surprise :
le bon de commande était clair. Mais, malgré
tout, une erreur reste envisageable. Certains
reçoivent ainsi un marin, quarante-huit ans,
chauve et parlant fort, quand ils avaient
commandé un nain avec une échelle. Il y en
a pour tous les goûts. Les articles les plus
courants demeurent un père, un frère, un
mari ou des enfants en bon état de marche.
Au bout d'un an, les employés au triste sourire reviennent s'assurer du bon entretien de
la marchandise. Ils posent leurs questions dans
une immense fatigue. Ils n'attendent pas les
réponses. Malgré les défectuosités partout
constatées, il semble que personne n'ait, jusqu'ici, réussi à faire valoir ses droits à un
remboursement. On parle volontiers d'une
famille de neuf garçons, sournois et rouquins,
qui auraient été remplacés sans délai par neuf
ballerines, savantes et anglaises. Mais ce sont
des légendes, tout juste bonnes à endormir
une irritation permanente dans les maisons.

Antonin a des difficultés avec le français. Il
n'arrive pas à prononcer certains mots.
Comme si les premières heures de vie avaient
gelé toute une part de langage. Il s'obstine,
il bégaie. Albe persuade la grand-mère d'ins-

crire l'enfant dans une école de musique. Les progrès sont foudroyants. Le chant délivre le souffle. La musique libère du mensonge de parler. L'école est une vieille maison, bruissante de rires. Albe attend Antonin au deuxième étage. Elle lit une étude sur les troubadours. De temps en temps elle relève la tête. Elle regarde les enfants avec leurs violoncelles géants, leurs violons nains. Elle regarde les yeux vides. Elle n'est pas dans ce qu'elle voit. Elle n'est nulle part. Une jeune femme qui prépare un examen de deuxième année de lettres modernes. Personne.

Le midi, vous mangez au restaurant universitaire, ou bien vous allez déjeuner chez le père. Vous redoutez un peu ces visites. Il n'a peint aucun tableau depuis votre départ. Rien. Il se laisse pousser la barbe, cela ne lui va pas. Quant aux bouteilles de vin qui traînent dans l'atelier, elles sont pour vous comme un reproche. Donc, la plupart du temps, vous déjeunez au restaurant. Le soir vous ne mangez rien. Une pomme, un quignon de pain. Et beaucoup trop de sucreries. Évidemment, le mal de dent arrive. Vous prenez rendez-vous chez le dentiste. Comme vous êtes en avance, vous attendez dans une salle poussiéreuse, dépourvue de fenêtres. Quelle horreur, ce papier peint. Quelle bêtise, ces magazines. Vous attendez calmement. Vous lisez un reportage sur un chanteur – malheureux en amour, millionnaire en dollars – avec autant d'application que pour une page de Proust. Le dentiste n'est pas encore là. Survient un petit homme triste. Il s'assied en face de vous. Sa tristesse vous attire. Elle vous attire avec force. Inutile d'expliquer ce qui ne peut l'être. Vous croisez les jambes, vous les décroisez. Vous engagez la conversation. Vous mentez, pour aller avec le papier peint : vous êtes une femme mariée. Votre mari est un ingénieur très savant, très scrupuleux dans son travail. Vous avez un garçon. Non, deux. Vous oubliez toujours le deuxième. Il faut dire qu'il vous ressemble si peu. Et le monsieur triste, qu'est-ce qu'il fait dans la vie. Il est caissier principal dans une banque. Il est marié comme vous, comme tout le monde. Pas encore d'enfant mais des vacances aux Seychelles, tous les ans. Le dentiste est très en retard. Vous poussez un peu vos avantages. Belles jambes, beaux seins. Vous en faites tant que le petit homme triste vous invite à prendre un verre, à la sortie. Vous l'attendez dans le café. Le voilà. On parle, on parle. Dessous la tristesse, il y a la peur. Dessous la peur, il y a l'espérance : une femme toute nue, toute neuve, rien que pour moi. Vous remuez l'espérance. Vous agitez les cendres. Le feu prend d'un seul coup. Le caissier principal s'enhardit. Si on allait dans un hôtel, faire des choses. Cela n'engage à rien, bien sûr. Voilà, c'est dit. Il a épuisé d'un seul coup toute sa hardiesse. Il vous regarde, prêt à s'enfuir. Vous jouez toujours à la jeune épouse délaissée. Comme c'est simple. Vous descendez l'escalier de l'infidèle. Première marche : j'ai tellement d'admiration pour mon mari, comprenez-vous. Oui, il comprend et, pour un peu, il partagerait votre admiration. Deuxième marche : je ne l'ai jamais trompé. Jamais. Cette fidélité n'est peut-être pas toujours réciproque, mais qu'importe : il s'agit pour moi d'un principe. Quelques marches plus bas, vous êtes nue sur le satin d'un drap, en train d'expliquer combien vous aimez votre mari, et tout ce que vous lui devez. Comme c'est simple, comme c'est bête.

Elle se penche sur l'enfant maussade tout au fond du caissier. Dis-moi ce que tu veux, petit homme. Je l'exaucerai. Le petit monsieur formule un petit rêve : asservir une très belle femme. En disposer à sa guise, comme d'un jouet. L'insulter, l'enfermer dans la plus haute tour. Pourquoi elle aime ça, Albe, c'est étrange. Pourquoi on aime ce qu'on hait. Ou l'inverse. Elle a lu des livres là-dessus, elle n'est pas plus bête qu'une autre. Elle sait ce qu'on peut penser d'une telle chose. Elle sait aussi qu'on ne sait rien. Ce qu'elle aime, c'est voir. Voir jusqu'où ça ira. Pousser une pierre du bout des pieds et contempler l'avalanche. Innocente, tranquille sur les sommets. Ce qui la décide, c'est ce qui devrait la faire fuir : les deux billets qu'il dépose sur l'oreiller.

Le rituel est très vite mis au point. Deux heures de l'après-midi, chaque jeudi. Elle entre la première dans l'hôtel. Elle se déshabille, elle l'attend. Elle garde ses souliers, elle a un chapeau sur la tête. Quand il arrive, il l'accable d'injures, de menaces. Il lui donne d'autres prénoms. Enfin il se jette sur elle. Par dépit, on dirait. Par lassitude. Fin de la cérémonie. À jeudi prochain.

Elle se soumet à la trivialité des gestes comme à une intempérie passagère, sans conséquence. Les mots la giflent, comme la pluie le tendre feuillage d'automne. Ensuite les feuilles se redressent, étincelantes. Pures comme au premier matin du monde. Rien n'a eu lieu. Elle s'habille sous les yeux de l'homme repu, que la tristesse commence à envahir. Elle prend l'argent sur la chaise. La somme augmente régulièrement, assez pour ne pas être dérisoire, trop peu pour suffire aux besoins d'une semaine. Quelques heures après, l'argent est dépensé. C'est la grande période des cadeaux. Un train miniature, pour Antonin. Une édition luxueuse des œuvres de Paul Eluard pour le père. Des fêtes dans les restaurants pour les amis. L'histoire a commencé par des maux de dents. Elle se termine par des maux de tête. Au bout de six mois, elle ne trouve plus rien d'amusant à ce jeu. Le dernier jour, elle vient en avance dans la chambre. Elle éparpille des pièces de dix centimes sur le lit ouvert. Elle écrit avec son rouge à lèvres sur le miroir : « votre monnaie. Merci ». Elle s'en va, toute chantante.

C'est une histoire dans ces années sans histoire. Elle se répète de temps à autre, sous d'autres formes. Toujours avec des gens de passage. Donner son corps comme on enlève un vêtement trop lourd pour la saison. Le reprendre avec le froid.

C'est facile de mener plusieurs vies. Il suffit de n'en avoir aucune à soi.

Autour d'elle, personne n'imagine. Elle est intouchable, inaccessible. Les jeunes gens qui lui font la cour manquent de patience. Ils finissent par épouser une autre femme, généralement une amie d'Albe. Ainsi n'ont-ils pas tout perdu.

Les années passent. Elle n'est pas malheureuse. Elle n'est pas heureuse. Elle n'est pas morte, elle n'est pas vive.

La belle au bois dormant se réveille. Elle sort d'un sommeil de sept ans. Elle a accumulé les rêves et les diplômes. Elle regarde autour d'elle. Elle compte les absents. Antonin est parti en province, dans un lycée agricole. Le père a une barbe roussie par le tabac. Il ne peint plus. Les jeunes gens qui me promettaient la lune, ils ont un métier et des soucis. Ils ne jouent plus à la marelle, entre ciel et enfer. Ils ont choisi une case intermédiaire. Tant pis pour eux. Tant pis pour moi.

Voyons. Deux chemins sont ouverts. Continuer, changer. Continuer, c'est le plus facile, et c'est le pire. Changer, cela passe par de l'argent. Je ne vais quand même pas me faire entretenir par des vieux, ni par mon père. Ce n'est pas entretenir qui me gêne, ce sont les vieux — et c'est mon père. Pour trouver de l'argent, il faut travailler. Parler, avec oubli. Quitter le silence natal. Agitations, fatigue. Et le lendemain recommencer. De neuf heures du matin, jusqu'à six heures du soir, revêtir le costume de scène. Pour quelques sous, mentir. Voyons. D'un côté, ce que coûtent un loyer, des vêtements, la viande, le pain, les déplacements et le reste. C'est un chiffre considérable, que l'on peut cependant calculer. D'un autre côté, ce que coûte le temps perdu à travailler. Il faut toujours ajouter une unité. Malgré tout, on reste en deçà du chiffre réel. Inestimable. Comment résoudre l'équation.

Il y a dans le ciel une étoile qui n'existe que pour Albe. Elle apparaît en temps voulu, pour la guider. Elle brille au bout de deux mois d'hésitation : le couvent vient de fermer ses portes. Le jardin retourne à l'enfance. Splendeur des mélanges, persuasion du désordre. Le rosier, imperturbable, esquisse de nouveaux parfums. Depuis le départ du jardinier, il semble proposer des fleurs d'un rouge plus nuancé. Albe se renseigne à la mairie. Les vieux murs n'intéressent personne. Le bâtiment est classé et appartient à l'Église. Elle se rend auprès des autorités religieuses. Elle s'habille en collégienne. Pull à col roulé, jupe plissée, socquettes. Le prêtre qui la reçoit est tout en rondeurs, comme dans les fables du Moyen Age. Gros, gras, gris. Asseyez-vous, madame. Il est derrière un bureau de bois massif. Il écoute Albe en faisant tourner une règle d'acier entre ses doigts. Elle explique : dans les salles voûtées, j'ouvre une galerie de peintures. Vous connaissez mon père, bien sûr. On y donnera également des concerts. Aussi des réunions, des colloques. Dans les cellules, j'installe une table, deux chaises, un encrier, une rame de papier blanc. Les gens viendraient pour remplir des feuilles d'impôt, des courriers administratifs et, pourquoi pas, des lettres d'amour. Bien entendu, ce service, contrairement aux autres, serait gratuit. Quant au lieu choisi, il a fait ses preuves. Après tout, la parole sacrée — le gros prêtre fronce les sourcils — venait s'y faire entendre, n'est-ce pas. Les mêmes murs abriteraient donc le même ouvrage. Simplement, les paroles recueillies seraient plus triviales. Plus urgentes aussi. Qu'en pensez-vous. Le prêtre la regarde en silence. Longtemps. On vous écrira, madame. Une semaine plus tard, elle a une réponse, favorable. Les bâtiments lui sont confiés pour cinq ans, sans loyer. À charge pour elle de restaurer ce que le temps fatiguera : pierre, poutre ou fenêtre. Le père intervient à son tour, téléphone, écrit : une équipe d'une dizaine de personnes est constituée. Tout va très vite. L'argent vient avec la location des salles à des associations. Tout va trop bien. Au bout de six mois, Albe s'ennuie.

Connaissez-vous, messieurs, mesdames, la douleur de l'ennui. Car c'est une douleur, la plus minutieuse. Elle se glisse au fond de l'âme, elle se niche entre les dents. On mange sans goût, on vit sans voir. Je m'appelle Albe, je ne crois en rien. On me parle. Les mots sont des grains de sable. L'ensemble fait un désert. J'ai perdu une chose mais j'ignore quoi. Il est même douteux que je l'aie jamais possédée, cette chose. Pourtant, c'est sûr, je l'ai perdue. Expliquez-moi qui je suis. Donnez-moi de mes nouvelles.

Une jeune femme que l'on voit de dos. Elle fait son marché. Elle est en blanc. Elle achète un bouquet de seringas. Elle revient chez elle. Elle répond au téléphone, prépare un colloque sur la représentation picturale des anges. Elle sort. Un boulevard interminable. Une rue désaffectée. Elle marche et voilà qu'elle ne sait plus où elle va. Cela dure quelques minutes. Un homme la croise, lance une parole qui lui rappelle qu'elle est une femme. Au moins une certitude. Une femme, n'importe laquelle. Cela se passe au bas du ventre, à la réunion des jambes. C'est plus profond qu'un nom. Et cela n'existe pas. Et vous n'existez pas. Ce qui ne vous empêche nullement de marcher, de vous asseoir sur ce banc, dans ce square minuscule, devant un tas de sable, et de vous perdre dans la contemplation d'une pelle de plastique rouge cerise, dont le manche est fendu. Un enfant l'a oubliée là pour vous, spécialement pour vous. Échanges de l'air et du bleu. Sonate d'un petit arbre vert. Vous êtes là où vous regardez. Tout est présent sauf vous. La paix, la paix écrasante. Le poids du corps est dans les mains, à plat sur la pierre du banc. Une telle femme, assise pendant des heures. Elle ne risque rien. Un volet claque au-dessus d'elle. Elle ne bouge pas encore. Le nom lui revient lentement. Albe. Puis son âge, sa raison. Elle ne part qu'à regret. Elle ne s'éloigne qu'à contrecœur du meilleur d'elle-même qu'elle laisse là, sur ce banc.

Elle mène son travail, comme il faut. Elle reçoit, elle encourage, elle organise. On peut passer des heures avec elle, sans voir qu'elle est en danger. Elle-même l'ignore. Il manque, pour voir clair, l'intuition du diable. Il est là, couché dans son ombre, lové dans un pli de sa robe. Pour le voir, il faudrait le nommer. Qui saurait aujourd'hui. Ce nom ridicule, obscurantiste. Il est là, pourtant. Patient. Le plus fidèle amoureux qui soit. Il guette la faille. L'instant où il glissera sa pensée dans les songes affaiblis. Sa pensée est infaillible. Elle est convaincante, plus que celle de Dieu, plus que toute autre. Une proposition mathématique, éternelle d'évidence. Une pensée de trois mots : à quoi bon, à quoi bon.

Un soir. Jambes nerveuses, robe dansante. Par hasard, elle passe devant la maison du professeur. Elle sonne. Rien. Elle appelle depuis la rue. Le concierge sort. Il lui raconte : un terrible accident, un malheur. Le professeur s'effondre paralysé au milieu d'un cours. Un vaisseau rompu dans la tête, la pensée définitivement atteinte. Il est dans une maison spécialisée. Il réapprend à lire dans des livres d'enfant. Il suit le texte avec le doigt. Albe s'éloigne. Elle marche de plus en plus vite.

Elle relie les rues, elle associe les mots. Elle retrouve les lieux d'enfance, le plus vieux souvenir. J'ai quoi, quatre, cinq ans. C'est un matin avec du givre sur la fenêtre. Il y a un oiseau mort devant la porte. Je l'enveloppe dans du coton, au fond d'une boîte à chaussures. Dans le jardin, il y a un vide. C'est pour les feuilles mortes et les vieux papiers du père. Je glisse la boîte dans un trou. J'y lance une fleur pourrie, exquise. Grasse avec un ourlet mauve au bord des pétales. Après je ne sais plus. Et maintenant. Maintenant je suis dans le carton. Préservée, enterrée. Ses pas la mènent devant un café. Elle entre. Elle s'assied dans un silence épais. Un rhum. Un autre. Un troisième. Boire toute seule, ce n'est vraiment pas drôle, ça ressemble à un travail. Une machine à musique, près du comptoir. Un homme se lève, y met une pièce. Musique circulaire. Fer forgé des notes. Deuxième souvenir. Je suis toute petite. Je suis si petite que je n'ai pas d'âge. Refus du sommeil. Le père et la mère me portent, chacun leur tour, sur leurs épaules. Ils tournent lentement dans la chambre. Ils suivent le dessin de la musique dans l'espace. Une spirale. Il faut une heure pour m'endormir. Il faut le père, la mère et Bach, Jean-Sébastien. Elle boit un quatrième verre de rhum. Elle se lève, renverse une chaise. La patronne s'approche. Quelque chose ne va pas, mademoiselle. Non, quelque chose va bien, au contraire. Je commence à rejeter. À quitter, chasser. Toutes choses. Très proche de la fin, très proche de la douceur sans égale. La femme la prend par le bras. Venez, je loue des chambres au premier étage, allez vous reposer un peu. Elle obéit. Comme c'est bon, d'obéir. Elle monte l'escalier en titubant. Elle s'allonge dans une chambre rose. La femme redescend dans la salle. Sur la table de nuit, un réveil. Dernier souvenir. La mère qui tend une montre à la petite fille noyée dans ses larmes. Une montre dorée, avec des abeilles sur le cadran. Écoute le tic-tac, Albe. Écoute le temps qui passe. Il emporte le chagrin, il emporte l'orage.

Trois heures vingt dans la nuit. Elle passe les portes du sommeil.

Et toujours, dans le noir, la voix chaude et bienveillante : à quoi bon, à quoi bon, à quoi bon.

Lise. C'est le nom de la patronne, Lise. Elle apporte un petit déjeuner à Albe. Deux croissants, un bol de chocolat. Je ne vous réveille pas, au moins. Elle s'assied sur le lit, pose un cendrier à côté d'elle. Quel âge avez-vous. Vingt-quatre, alors vous êtes à vingt années-lumière de moi, tout juste. Elle se tait. Elle allume un petit cigare. C'est quoi, votre nom. Albe. Eh bien je vais vous raconter une histoire, Albe. Oh, rassurez-vous, elle n'est pas très longue. Elle me concerne un peu. Si peu, à vrai dire. C'est une histoire banale. Elle commence il y a deux jours, par une visite de routine chez le médecin. C'est comme un sujet de rédaction. Les phrases viennent de loin. Elles sont brusquement devant vous, blanches sur fond noir : vous avez un cancer de la gorge. Il vous reste un an de vie, dans la meilleure des hypothèses. Voilà. Connaissant les don-

111

nées initiales, comment remplissez-vous le temps qui reste. Vous êtes, Albe, la première à qui j'en parle. J'ai beaucoup réfléchi en deux jours. Je ne savais pas que deux jours pouvaient être aussi longs. Hier soir vous cherchiez quelque chose au fond d'un verre de rhum. Moi, j'ai cherché tout au fond de ma tête. Un sacré désordre, là-dedans. Je savais ce que je voulais, j'ai mis très vite la main dessus : une autre histoire, pour répondre à la première. On me l'a racontée, il y a longtemps. Je ne sais plus qui, je ne sais plus où. C'est une petite fille qui est sur une balançoire. On lui annonce la fin du monde, dans cinq minutes. On lui dit : qu'est-ce que tu comptes faire. Elle dit : quelle drôle de question. Je vais continuer de faire ce que je fais, bien sûr. Je vais me balancer comme ça, vous voyez bien. Je la raconte mal, cette histoire, Albe. Ça ne fait rien : je vous la donne, avec les croissants chauds. Je dois redescendre maintenant, c'est l'heure des usines. Restez à manger, je vous invite.

Le café est rempli d'ouvriers. La nourriture est simple. Des crudités, des viandes rouges, du fromage. De quoi redonner des forces, rien de plus. À quoi s'ajoute la présence nour-

ricière de cette femme belle, encore jeune.
Un client, emporté par le vin, parle trop fort.
Il prend à partie toute la salle. Il énonce, il
énumère. Sa voix est déplaisante. Comme s'il
était heureux d'être fâché. Lise s'approche de
lui. En quelques mots elle met fin au mensonge.

Albe la regarde faire. Lise circule d'une
table à l'autre. Une présence légère. Une
compagnie lointaine, sûre. Un mélange de
force et de délicatesse. Il y a des gens qui ont
toujours besoin d'aider les autres. Ce besoin
est en eux comme une infirmité, une maladie
un peu répugnante. Lise, ce n'est pas ça. Ce
n'est pas ça du tout. Elle réconforte sans le
savoir. Elle aide par cette façon qu'elle a d'être
avec elle-même : partout intacte, partout entière. Ce grand charme de ne pas chercher à
plaire. Elle a une manie : elle dit toujours la
vérité. Elle la dit à sa manière, ce qui fait
qu'on ne la comprend pas tout de suite. Des
mots trop simples, une voix sans effet. Une
vérité non tempérée. C'est bien plus tard que
l'on comprend. C'est bien plus tard qu'on se
rend compte que quelqu'un vous a parlé –
comme jamais dans la vie.

Lise, la grande sœur, celle qui manquait. Blondeur des cheveux, noirceur des yeux. Elle est là, devant la table débarrassée. La salle est vide. Albe termine un café crème. Le cendrier qui se remplit. Lise a la peau blanche comme du lait. Le regard d'Albe sur une autre femme. Sur elle-même, donc. La maladie dans ce corps. Difficile à penser. Lise rallume un cigare. Un geste vague de la main, un soupir amusé. Elle se donne son après-midi, elle raconte.

J'ai peur d'aller sous la terre, Albe. Comment respirer. Ma vie, une phrase que je voulais interminable, et voici que la dernière lettre est bientôt écrite. Qu'ai-je donc vécu de sensé. Je reprends depuis le début : j'ai dix-neuf ans. Je sors d'une mairie avec un nouveau nom. On se marie toujours trop tôt. Il faudrait auparavant dépenser plusieurs forces, brûler plusieurs rêves. Et, éventuellement, le soir venu, épouser un passant. Éventuellement. Mais non, c'est l'inverse. Bref. Lui, c'est un architecte. Ténébreux, puissant. Moi je sors toute fraîche du jardin de ma mère. Promenades dans la campagne étincelante d'amour. Étincelante de mon amour. Lui, je ne sais trop : il parle sans arrêt.

114

Je n'entends rien quand il parle. Une racine, je perds l'équilibre, je tombe dans ses bras : il se tait enfin. Le mariage, c'est moi qui le veux. Une idée. Lorsque je veux quelque chose, Albe, je suis terrible. Cérémonie furtive, très peu de famille. Quelques amis de son côté. Ensuite le voyage en Écosse. Une autre idée. À cause du ciel qui touche la terre. Et c'est l'enfer, tout de suite : le mariage, pour moi, c'est un commencement. Pour lui, c'est une fin. Avoir une belle femme qu'il pourra montrer, jouir d'un métier où l'on décide des choses : telles sont les obligations qu'il a remplies. Il a eu tout ce qu'il voulait, tout ce qu'il avait appris à vouloir. Et maintenant, quoi. Maintenant, rien. Il ne lui reste plus qu'à gagner encore plus de bons points à l'école : brillante carrière, belle destinée. Il n'imagine pas d'autre vie que celle-là, qu'il édifie avec amertume, en vue de l'amertume. Une plénitude malheureuse. Dans le lit, il est comme un furet. L'impression qu'il cherche à m'étrangler, à disparaître. Petite mécanique du viol, saccades. Des femmes rôdent alentour. Je les invite à la maison, je les pousse dans ses bras. Je ne peux perdre plus que je n'ai déjà perdu. Je devine leurs pensées : il ne mérite pas une telle femme, mauvaise. Elles imaginent un mystère en lui. Elles se brûlent à leur tour. Le mystère, chez lui, c'est qu'il n'y a pas de mystère. Il réussit partout dans sa vie, sauf devant moi. Je suis un témoin insupportable. Quelle ironie. Je ne demandais pas grand-chose, que d'admirer. Et voilà qu'il me donne à mépriser. Dans la solitude d'une maison, je le vois : c'est un homme de sable, un homme de vent. Il n'existe pas. Peut-on aimer qui l'on méprise, Albe. Je ne trouve pas la réponse. Les deux sentiments se fondent, c'est inexplicable. On peut supporter tellement de choses. Si longtemps. Un matin, je me réveille et je regarde ça, dans mon lit : un adulte, la trentaine, un front dégarni, un ongle cassé à la main gauche. Une somme assoupie de faiblesses et de songes. Un peu de bonté, un peu de méchanceté. Le tout tenu serré dans un métier, une famille, une maison. Je regarde le corps endormi de ce monsieur – comme un astre mort autour de mon amour. Eh bien voilà, c'est fini. Un retour n'est plus possible. Pourquoi ce matin-là, pourquoi pas un autre, je ne sais pas, je ne saurai jamais. Mais c'est bel et bien terminé. Il reste à faire entrer ce départ dans la suite des jours, ce qui n'est pas le plus facile, comme vous l'imaginez. Car il sait aussitôt. Sans qu'un seul mot

116

soit prononcé, il apprend la nouvelle de sa disgrâce. Un instinct. Une connaissance animale de la fin. Il panique. Il essaie d'autres visages, au hasard. Il joue de tout. Si vous voulez vous faire aimer des hommes, Albe, commencez donc par les quitter : vous verrez comme alors ils sont doux. De vrais agneaux, de grands enfants perdus. D'abord il se plaint. Il parle de son enfance mais ça ne prend plus, la vieille histoire. La rengaine. À partir de quand cesse-t-on d'être un enfant. Peut-être jamais, mais qu'importe. Je n'ai plus de patience, n'ayant plus d'amour. Sa vraie nature revient, d'autant plus noire d'avoir dû se cacher un moment. Dépressions, menaces, enfin les coups. Après quoi il pleure sur lui-même. Je n'essuie plus les larmes sales. Je connais trop l'envers des choses. Depuis quelque temps je n'arrive plus à oublier. Dégoûts, Albe, dégoûts par dizaines chaque jour. Un enfant arrive au milieu de cette folie. Une fille, Aurelia. Elle grandit tant bien que mal. Plutôt mal. Elle joue de l'abîme entre nous, s'appuyant tantôt sur l'un, tantôt sur l'autre. Un jour elle fait une fugue. Une enfant de neuf ans, personne ne la remarque. Elle prend des trains. Elle est recueillie par une famille d'agriculteurs. La mère et son fils. Un ouvrier agricole. La maison est tapissée de papier journal. Les poules entrent dans la cuisine. Il y a un piano. Oui, un piano dans cette baraque, Dieu sait d'où il vient. À son retour, Aurelia saura jouer quelques airs simples, heureux. Elle revient d'elle-même, un mois plus tard. Lui, tout ce temps, inquiet de la rumeur. Et qu'est-ce qu'on va dire, et quels mauvais parents on fait. C'est son grand, son unique souci : ce qu'il est dans les yeux des autres. Je crois que c'est à partir de ces nuits sans sommeil que je commence à souhaiter sa mort. Une année passe. Son travail marche bien. Sans m'en parler, il achète une parcelle de forêt. Un dimanche il nous y emmène. Voilà, c'est pour nous : une maison qu'il a fait construire, dans l'isolement le plus complet. Une forteresse, un blockhaus. Je ris. J'éclate de rire. Sa fureur. Il se précipite vers moi. La petite s'interpose, il la frappe, elle tombe, sa tête frôle une pierre. Pas de mal. Il faut arrêter cette histoire, maintenant. Le lendemain nous allons dans la montagne. Seuls. L'enfant reste à la maison. Un chemin très étroit. Un ravin sur la gauche. Il fait chaud, j'étouffe. Sur les hauteurs, l'air tremble. Nous redescendons. Moi derrière lui. Quelque chose se passe dont j'ignore tout, pour toujours. Je le vois dans le vide. Une poupée désarticulée. Pas un cri. Je ferme les yeux avant qu'il touche le sol. En ville, les secours, la gendarmerie. Trop tard. Ensuite il faut compter encore dix ans. Aurelia entre dans une école de danse. Elle part au Canada. Après. Je suis une psychanalyse. C'est pour mettre de l'ordre, sans rien jeter. En fait, une foutaise : les images aggravent les choses. Ce qui manque, on le voit. Cela n'a pas de nom, dans aucune langue. Un soir j'arrive en retard. Le docteur silencieux – tête de bois, bouche de glace – m'ouvre la porte. Deux ans déjà. Trois cents francs la séance. Je le regarde. Il n'est pas comme d'habitude. Il a le visage de mon père, de mon mari. Il a le visage de tout le monde. Je n'entre pas. Je lui crache au visage. Non, il faut parfois être précise avec les mots, Albe : je lui crache à la gueule. Il recule contre le mur, et c'est fini. Je m'en vais. Guérie – si du moins la guérison vous rend comme je suis alors : légère, déliée. Insouciante de tout. La suite est, disons, plus ordinaire. Je trouve un emploi de secrétaire. La vie de bureau, grandiose. Sept femmes dans une pièce, dont trois sous tranquillisants. Jeunes, encombrées d'enfants. Les cadres viennent nous voir. Au début je suis la nouvelle, celle qu'on va éduquer.

Très vite je suis la pute, celle qui ne couche pas. Ensuite c'est bien, on me fout la paix. J'économise, j'emprunte. J'achète ce café. J'y vis depuis quatre ans, c'est ma maison, elle est sans porte. Et depuis avant-hier, le cancer. Mais il est tard, Albe. Et si vous rentriez chez vous. On doit vous attendre.

IV

Sur la plus haute branche
Un rossignol chantait

Albe revient souvent dans le café. Elle y prend son petit déjeuner, elle y traîne l'après-midi. Elle devient une des habituées de la salle basse et enfumée. Elle y a rendez-vous avec quelque chose. Quelque chose, elle ne sait quoi. Elle a maintenant deux maisons : un couvent, un café. Elle va et vient de l'un à l'autre. Elle néglige un peu les expositions, les colloques. Le père préside chaque rencontre. La parole a pris chez lui la place de la peinture. C'est une parole savante et creuse. Artistes, philosophes, écrivains : toute la fleur de l'intelligence se retrouve dans ces colloques. C'est une fleur sèche, privée de ciel. Albe s'ennuie beaucoup dans ces rencontres — ce qui fait qu'elle n'en manque pas une seule. Car de l'ennui aussi, elle attend quelque chose.

Au café, il y a une vieille femme. Elle va avec des hommes pour le prix d'un litre de vin. Elle ne parle jamais. Elle reste des heures devant un verre. Elle est là, ça lui suffit d'être là où elle est. Un sourire édenté, une jupe déchirée. Un visage bien trop jeune. Un visage qui ne va pas avec le vin et la misère. Une petite fille qui n'aurait pas grandi, et la pluie l'aurait surprise dans le jardin de son père. Une pluie dure, mauvaise. Elle attendrait depuis ce temps tout au fond du jardin, transie de froid. Sans idée d'appeler, de bouger. Albe aime bien ce visage. Elle voudrait s'asseoir aux côtés de cette femme. Elle n'ose pas. Elle aide parfois Lise à servir les clients. C'est un jeu de passer derrière le comptoir, c'est comme devenir invisible. De là, elle regarde d'autres visages. Des retraités, des ouvriers. Des gens comme ceux dans la rue. Des gens comme partout. Des gens normaux qui vivent à côté de leur folie — comme on dort auprès d'une femme délaissée, peu remuante. Tellement de visages, détachés de la même substance d'humanité, de la même matière d'absence. Albe les regarde un par un. Elle les trouve beaux — d'une beauté qui a affaire avec la douleur. Ce sont les mêmes visages que dans l'enfance, un peu plus effacés, un peu plus étonnés d'avoir accumulé autant de mauvaises notes. Il n'y a pas que des professeurs dans la vie. Il n'y a pas que des peintres, des religieux ou des chevaux. Il y a toutes sortes de gens. Pour s'y retrouver, il ne faut pas considérer les vêtements, les fortunes ni les paroles. Pour s'y retrouver dans tous ces gens, il faut s'y perdre. C'est ce qu'elle fait, Albe. Elle n'ouvre plus aucun livre. Elle dévore des visages.

Parfois elle dort dans la chambre rose. Elle y retrouve toujours le même rêve : elle est devant une porte. De l'autre côté, c'est elle aussi. Devant la porte, une femme plus âgée qu'elle, qui tient un bouquet de sept fleurs dans sa main. Si Albe donne leur nom, elle lui ouvrira. Albe les connaît bien, ces fleurs-là. Dieu sait si elle en a cueilli dans l'enfance. Mais voilà : elle ignore leur nom de livre. La femme, gentille, l'aide un peu, lui souffle les premières syllabes.

Lise et Albe. Elles ne se quittent plus. Elles font les courses ensemble. Elles vont au théâtre, elles s'offrent des pâtisseries, des robes en solde. Un soir Lise reprend son récit là où elle l'avait interrompu. Après l'histoire du mari, celle des amants. C'est une histoire beaucoup plus drôle. Une femme seule qui tient un café. Une pauvre petite femme faible : vous ne devinerez jamais, Albe, le nombre de chevaliers qui sont venus, au début, pour me défendre. Pour me défendre de quoi, ça, je ne l'ai jamais su. Ils me commandaient une bière d'une voix éteinte. Ils restaient jusqu'à la fermeture. Je n'étais pas toujours insensible. J'aime l'amour, Albe. Je l'aime comme on aime l'orage – pour sa fraîcheur et sa brûlure. Mais quoi, on ne peut pas raisonnablement vivre dans le déluge perpétuel. Regardez. Elle sort un paquet de lettres d'une armoire à confitures : des demandes en mariage, des promesses éternelles. Vous voyez le genre. Évidemment, je n'y répondais jamais : la béatitude, quelle horreur. Et les deux femmes éclatent de rire.

Un jour elles rendent visite au père. Elles le trouvent endormi dans la salle à manger, devant la télévision. Sur l'écran, ce jeu idiot qui mobilise toute l'intelligence : la finale d'un tournoi de tennis. Deux milliardaires jouent à la balle. Demain, ils seront fêtés. Après-demain, oubliés. Un peu plus tard, ils seront morts. Aujourd'hui ils se battent. Dans leur tête, un vide. Un lac immobile d'où surgissent les gestes décisifs, les mouvements heureux. Les deux femmes regardent le jeu, jusqu'à son terme. Albe éteint le poste. Sur la pointe des pieds, elles font le tour de l'appartement. La porte de l'atelier est fermée à clef. Par la serrure on ne voit rien, que du blanc. Les autres pièces sont froides. Tout est trop bien rangé. Trop propre, trop net. Manque la fine harmonie du désordre. Manquent les échos entre la voix d'un enfant, la colère d'une eau qui bout, le pas d'une femme sur la laine rouge d'un tapis. Manque l'essentiel. Quand elles reviennent dans la salle, le père est réveillé. Il est de bonne humeur. Il offre le champagne. Il parle beaucoup. Il dit des choses brillantes, sans intérêt. Il prend Albe par les épaules, se tourne vers Lise : celle-là, c'est ma plus belle peinture, mon grand œuvre. Albe s'écarte, exaspérée. Elle déteste celui qui vient de parler. On peut haïr quelqu'un pour ce genre de phrase, pour ce qu'elle dit de lui avec vous. De vous avec lui. Elle se promet de ne plus jamais revenir ici. De laisser le peintre à son désert, le père à ses grimaces. Bien sûr elle n'en fait rien.

On est très près d'une autre vie. Aucun doute là-dessus. Une vie toute rose, peinte en neuf. On la touche presque du bout des doigts. Les pensées y volent déjà – et l'air y est ample. Le cœur y bat déjà – comme détaché, en éclaireur. Et pourtant rien n'arrive. C'est qu'on est empêché. On croit que c'est quelque chose qui empêche. On cherche. On n'a aucune chance de trouver parce que ce n'est pas une chose qui empêche, c'est soi-même : on tient encore à cette vie morte, que l'on n'aime plus. On tient encore à trop de choses. Comment faire. Comment se quitter soi-même – ce qui serait la seule manière de tout quitter. Ce qu'il faudrait, c'est un ange. Un vrai. Avec de la douceur, avec de la violence. Avec des façons dures et invisibles. Quelqu'un qui vous enlève de tout, sans aussitôt vous attacher à lui. Oui, c'est ça qu'elle attend, Albe. Dans le couvent ou dans le café.

Comme il s'agit vraiment d'un ange, il arrive un dimanche, par où on ne l'attend pas. Très loin du couvent et du café.

On est une petite bande à Genève. C'est l'anniversaire du père. La ville achète quatre de ses tableaux et organise une rétrospective de son œuvre. Cher maître. Comme nous sommes heureux de vous accueillir. C'est un honneur pour nous. Albe est avec le père. Lise est là aussi.

Après le vernissage, quartier libre jusqu'au lendemain, un dimanche. On va dans les magasins. Lise fait grande provision de cigares. Albe hésite entre deux robes. Elle demande leur avis aux deux autres. Ils argumentent en faveur d'une robe bleu marine. Elle se décide pour un corsage rouge. Elle rit : j'ai toujours besoin de conseils, afin de ne pas les suivre. Quant au père, il fait la moue devant les chocolats, les livres rares et les meubles précieux. Il disparaît tout d'un coup et revient, radieux,

une volière dans ses bras, un oiseau minuscule
– jaune et vert – affolé au centre de la volière,
ses pattes grêles agrippées sur un trapèze. C'est
mieux comme ça : maintenant on est quatre.
Trois ce n'est pas un bon chiffre. Trois c'est
un chiffre pour rien du tout. Le père, les deux
femmes et l'oiseau se laissent gagner par
l'ivresse des grandes villes. Ils parlent,
chantent et rient très fort. On s'écarte à leur
passage. Voyager, c'est une fête : on met la
clef sous la porte, on se laisse à l'intérieur.
On se donne rendez-vous à l'étranger. On
regarde les rues, le ciel et les maisons. On se
regarde soi-même dans les vitrines, étonné
d'être où l'on est – c'est-à-dire ailleurs. On a
changé. On est aussi neuf que ce qu'on voit.
C'est du moins ce que disent les jambes alertes,
les yeux brillants. Le cœur est plus réservé.
Il ne se laisse pas ravir si aisément. Il attend
quelques heures pour se remettre à battre
comme au départ – comme toujours. La même
mesure, la même impasse.

Le lendemain, grande réception au restaurant. Hélas, on est séparés. À la table d'Albe,
un député aux mains grasses parle d'avenir
avec entrain, d'économie avec ardeur. Il pro-
nonce les mots sans les entendre, sans même

les vouloir – comme une hémorragie sans conséquence. À ses côtés, une comédienne qui a donné la réplique à un acteur très connu, dans les années soixante. Elle en parle avec indulgence, comme d'un ami d'enfance. À gauche d'Albe, un éditeur de livres d'art, taciturne. Il relève de temps à autre la tête de son assiette, dévisage les autres convives, ricane silencieusement et redemande du pain. À droite, un libraire timide comme une jeune fille. Il acquiesce à tout ce qu'il entend, reçoit comme une faveur les regards du député et ceux, méprisants, de la comédienne. Albe renverse du vin sur sa robe. Une robe blanche, elle n'en a qu'une, celle-ci, tachée de rouge. Elle n'a pas emmené d'autres affaires. Trouver de l'eau chaude, du savon, n'importe quoi. Elle se lève. Dans sa précipitation elle renverse un deuxième verre de vin. Autour d'elle on sourit. On admire cette allure décidée dans la catastrophe. La comédienne est jalouse de cette oie blanche qui ferait n'importe quoi pour attirer l'attention. L'éditeur marmonne sur la qualité du vin – si terne qu'il vaut mieux le renverser que le boire. Le libraire soupire sur un amour hors de portée. Le député est vexé, l'incident ayant interrompu un brillant paradoxe sur la Communauté européenne.

Elle est dans les cuisines. Un garçon lui tend une serviette humide. Elle ne remercie pas, ne voit que la main, prend la serviette, remonte un peu sa robe, oh très peu, pour mieux voir, deux taches, c'est malin. Elle frotte la robe, avec trop de force. Le rouge devient rose. La tache s'élargit, le cœur s'agrandit, il prend toute la place, qu'est-ce qui se passe, elle lève la tête, enfin elle le voit. Immobiles tous les deux. Immobiles dans la passion à venir, déjà là. Tyrannie de l'amour, sombre histoire, douce lumière, absurde amour. Pris, tous les deux. Pris entre les tenailles d'un amour sans nom, sans terme. C'est lui qui cède le **premier**, qui rompt l'éternité, fait le premier geste. Il la prend sans douceur contre lui, empoigne les seins sous l'étoffe blanche, baise ses lèvres. Elle : oui pour tout le mal à venir. Oui pour l'attente désormais de ce qui ne viendra plus. Oui pour la fin d'une enfance et pour la fin des temps, ici, maintenant, dans cette cuisine sale. Oui, oui, oui. Il glisse une clef dans sa main. Une chambre en haut, ce soir, neuf heures. Voilà, elle revient dans la salle, elle retourne au désert.

Le rouge qui était sur la robe a gagné ses joues. Les autres mettent cela sur le compte de la confusion. Ils ne voient pas la fièvre dans ses yeux. Ils ont, entre-temps, entamé une austère discussion sur la littérature : l'un dit, et semble s'en réjouir, qu'il n'y a plus de livres dignes de ce nom. C'est le libraire. L'éditeur parle avec suffisance d'auteurs américains, japonais, allemands. Et n'oublions pas les Suédois. La comédienne se tait. Le député, qui s'ennuie, essaie de se souvenir d'une citation d'André Malraux. Cette conversation — comme toutes les conversations — est un jeu de société. Le but est d'amener l'autre au silence. Afin d'emporter la partie, l'éditeur rappelle, en s'excusant de son érudition, ce qu'un écrivain du XVIIIe siècle promettait à ses lecteurs : « la douceur de la vie bienheureuse ». Or, je vous le demande, où trouver cette douceur dans les livres d'aujourd'hui. Albe, qui n'écoute qu'à demi, s'empare de cette phrase. En silence, elle s'en nourrit. La douceur de la vie bienheureuse. Elle redit pour elle-même ces mots qui l'accompagnent et la font aller jusque vers les neuf heures du soir, à la porte de cette chambre qui s'ouvre avant qu'elle ait frappé, qui ne se rouvrira plus avant trois jours et trois nuits.

Imaginez : le cœur, dans l'amour que font ces deux-là — et ils ne font que ça —, le cœur est arraché. Et il continue de battre. De temps en temps ils se séparent. Ils s'approchent de la fenêtre. Ils regardent la neige. Cette blancheur sans contraire. Ils retournent bientôt à la clairière du lit. Ils se prennent à nouveau. Puis ils dorment. Puis ils se réveillent. Puis ils vont à la fenêtre. Puis ils recommencent, trois jours, trois nuits.

Albe endormie, le visage enfoui dans l'oreiller. L'ange, à ses côtés. Il ne dort pas. Il regarde la chambre, la neige. Il regarde bien plus loin que ce qu'il voit. Son visage est pâle — comme tourné encore vers l'enfance, pour en recevoir les dernières lueurs. Il a quel âge, au juste. Vingt-sept, trente. On ignore son nom. On sait à peine ce qu'il fait, dans la vie : il va ici, ou là. Il prend ce qu'on lui donne. Dans les restaurants, il lave les assiettes des riches. Dans les hôpitaux, il change les draps des malades. On ne sait rien d'autre de lui. Il n'en dit pas plus, durant ces trois jours. Ni lui ni Albe ne souffrent de cette absence de mots.

Un vent léger dans les rideaux. Par la fenêtre entrouverte, un flocon arrive, s'égare dans la pièce. Dans le flocon, d'autres villes, d'autres hôtels, d'autres chambres avec d'autres amants qui fondent en un instant.

Il a froid, enfile une robe de chambre rouge, s'assied sur une chaise, regarde la jeune femme endormie. Dans le plus clair bonheur, dort un chagrin. Une masse de désespoir. Une fatigue bien trop grande. Une fatigue telle qu'aucun repos, jamais, n'en saura venir à bout. Une masse de neige qui glisse sur le cœur, d'un seul coup. Il se lève, s'habille, rassemble ses affaires. Sort. Albe se réveille un peu plus tard, dans une chambre vide. Elle appelle la réception. Il est parti depuis deux heures. Il a donné sa démission. Non, on ignore pour aller où. Il a laissé une lettre, pour vous.

*Je vous regarde. Je vous vois dans cette chambre,
dans la lumière de cette neige, dans la blancheur
de ces draps. Je vous regarde et je vous en veux
de m'apaiser à ce point. Nous sommes trop sem-
blables, trop proches l'un de l'autre. Je désire qu'à
présent nous inventions cette distance qui fait défaut. Il y a des chemins en moi, des impatiences.
Je dois les épuiser. Il y a des enfances en vous,
d'autres visages dans votre visage. Laissez-les venir
au jour, fleurir et se faner. Je ne vous demande
pas de m'attendre. Il n'y a pas d'autre attente que
de vivre. Vivez donc, mariez-vous, pourquoi pas.
L'erreur nous est nécessaire. Peut-être devrez-vous
en passer par là, par cet égarement au plus loin
de vous – dans l'imaginaire d'un couple, d'une
famille. Cela serait sans incidence sur cette chose
entre nous. Bien peu de gens savent aimer, parce
que bien peu savent tout perdre. Ils pensent que
l'amour amène la fin de toutes misères. Ils ont
raison de le penser, mais ils ont tort de vivre dans
l'éloignement des vraies misères. Là où ils sont,
rien ni personne ne viendra. Il leur faudrait
d'abord atteindre cette solitude qu'aucun bonheur
ne peut corrompre. L'amour que je vous porte est*

sévère. Il a ruiné par avance tout ce qui pourrait
m'en guérir. Mettons-le à l'épreuve, voulez-vous.

Il y a une clef dans cette enveloppe. Elle ouvre
la porte d'un phare abandonné, en Bretagne. J'y
rassemblais, dans l'enfance, toutes mes peines. Un
vrai trésor. Gardez-la. Ne vous en servez qu'une
fois, quand l'heure sera venue. Dans deux ans,
dans vingt ans, peu importe. Ce savoir vous sera
donné par instinct — ou par grâce : ce ne sont là
qu'un seul et même mot. J'en serai à mon tour
informé, de la même invisible manière.

Elle range la lettre dans un sac. Elle ne la
relira plus. La première lecture a suffi.

Elle attendra. Elle sait qu'elle attendra —
d'une attente toute légère.

Quand même. On se croirait dans un ro-
man.

Le reste. Le reste tient en peu de mots.
Beaucoup de temps. Beaucoup d'histoires, peu
d'événements.

Lise s'éteint doucement dans un hôpital. Le
père ne la quitte plus. On installe pour lui un
lit de camp dans la chambre de la mourante.
Ils parlent et rient beaucoup tous les deux.
C'est dans cette chambre que le père recom-
mence à peindre. Une toile rayée de vert. Un
petit format de printemps qu'il accroche sur
le mur, en face de Lise. Un carré de ciel pur
par lequel son âme s'envole, un matin de juil-
let.

C'est un soir. Le père est en voyage. Albe pénètre comme une voleuse dans l'atelier. Elle regarde les tableaux. Elle s'arrête devant le plus grand. On peut y voir une petite fille, devant une maison claire. Le visage de l'enfant et les murs de la maison sont de la même couleur. Un bleu léger, poreux.

Longtemps assise devant cette peinture.

Elle pleure.

La Bretagne, c'est grand. Des phares désaffectés, il y en a beaucoup. Le premier se trouve à six kilomètres de la gare. Elle prend la route, chantante.

De loin on dirait qu'elle n'a plus de visage.

Qui est celle qui monte du désert
Appuyée sur son bien-aimé?

Le cantique des cantiques,
8,3

Composé et achevé d'imprimer
par l'Imprimerie Floch
à Mayenne, le 27 février 1990.
Dépôt légal : février 1990.
Numéro d'imprimeur : 28664.
ISBN 2-07-071833-6 / Imprimé en France.